洋葱头说英文

当代世界出版社

使用说明

全国首创最适合中国人的
完全攻略四大学习法

1 英文单词、语法、句型、会话一次学会的
"完全学习法"

ankle ['æŋkl] 脚踝 n. [C]
► My **ankles** have swollen. 我

beard [biəd] 胡子 n. [C]
► He has decided to grow a **beard**

brain [brein] 头脑 n.
► Dr. Chen has invented a device
陈博士发明一套侦测睡眠脑部

chin [tʃin] 下巴 n.
► She rested her **chin** on

打破传统英文书写模式，把"会话"、"单词"、"语法"以及"实用句型"四大学习英文必备的知识一次收录，搭配书中鲜活的灵魂人物"葱宝"，让读者能在最轻松的心情下，把必备知识深深刻入心底。

2 图文对照的
"无压力学习法"

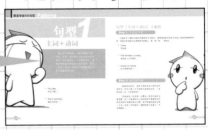

3 听、说、读、写完全收录的
"全方位学习法"

Track 01

相遇真是

在式中「be」动词的变化

	人称	主词
单数	第一人称	I
	第二人称	You
	第三人称	He
		S
	第一人称	

4 由浅而深的
"循序渐进法"

作者序 （原版）

从2002到2007年，想想我也在"我识出版社"出版了20多本英文学习书了。不过，跟之前比较起来，这次在写稿的过程中，却是我最有活力的一次。没错，就是因为我的新伙伴——"葱宝"，他的逗趣活泼，让我能够用一种尝新的心态来规划这本书，也让有心学习英文，却又对深奥难懂的语法、句型望之却步的读者能在"葱宝"幽默诙谐的演出中，一点一滴地被吸引，因为只有在欢乐中学习，才能创造最佳的学习效果。

这次，在与出版社编辑沟通过书籍方向之后，我决定打破我以前的英文书写作模式，把"会话"、"单词"、"语法"以及"实用句型"这四大学习英文必备的知识融合于一书当中，搭配书中鲜活的灵魂人物"葱宝"，让读者能在最轻松的心情下，把必备知识深深刻入心底。

在会话这部分，我们利用葱宝多彩多姿的生活来为大家介绍日常生活中最常使用的对话，包括跟朋友闲聊的时候可以说些什么；遇到欣赏的女孩，该怎么开口跟她说出第一句话；打电话的时候，又该怎么跟对方说出自己要找的人、有什么事情；甚至里面还会提到，当到餐厅用餐的时候，该怎么点餐，哪些食物又该怎么说……光是会话就够吸引人啰。

当然，学习英文最不应该漏掉的就是——"语法"。在这里，我们还是会告诉大家最重要的三大时态："现在时"、"过去时"以及"将来时"。因为我相信，只要大家能把三大时态摸透，语法一定一把罩。

不过，光是会语法还是不行，单词也必须多背点，因为所有的句子都是从数个单词堆叠而成的，多记点单词准没错。最后，当这三个部分都学得炉火纯青之后，只要勤加练习一些基本句型，英文绝对进步神速！

这次真的很感谢"我识出版社"给我这个机会跟"葱宝"合作，因为他，让我对于英文书有更多元化的想法，希望各位读者也能获益良多喔！

畅销书作者 *蒋志榆* 于 2007.01.10

绘者序

嗨～我是葱宝，大家一定想不到，我竟然会出现在英文书里吧！

这是我第一次尝试为英文书做插图演出，我可是卯足了全力的嘎！在这本书里，我化身成全书的灵魂人物，带领大家到我的英文国度里游玩，就先让我带你看看里面有些什么丰富的内容嘎～嘎～嘎～！

在这本书里，葱宝相信，会话这个单元一定是许多朋友最想了解的吧。

葱宝会在这本书中，介绍在各种情境下应该说的话，像是约到心仪的对象共进晚餐，可以用称赞的句子来打动对方"You look stunning tonight."（你今晚真是美艳动人）；平时跟麻吉鬼扯的时候就可以说："Are you out of your mind?"（你疯了吗？）或是"Today isn't my day."（我今天真背！）来拉近彼此的距离；尤其嘎～如果你是美食爱好者，更是应该好好看看美食单元，"Two cheese burgers, please."（请给我两个芝士汉堡），来～跟葱宝念一遍！爱吃快餐的人一定要把这句话背下来，到快餐店点餐时show个两句，还可以吓唬吓唬人喔！

文中还会告诉你，在哈啦打屁的时候，会有什么字句可以拿来现宝，如果你也热爱葱宝的话，相信图文的互相搭配，可以让大家把英文单词很容易的背起来，也可以减少对学习英文的恐惧感喔！

这次，很高兴能够有这个机会变成英文书的插图主角，很新鲜也很期待，更是首次跟畅销书作家蒋志榆先生合作，让我在搞笑之余，还可以充实自己的英文能力，希望大家会喜欢我在里面的演出，也希望大家要多多支持葱宝嘎～！

葱宝

于2007.01.12

洋葱头说英文

Contents 目录

Unit **1**. 会话哈烧包
Conversation

p.012 葱宝恋爱了

p.036 多彩多姿的葱宝生活

呼～饱！

Unit 2. 单词哈烧包
Vocabulary

哦呵呵呵呵

Unit **3**. 葱宝秀英文语法
Grammar

Unit **4**.
葱宝学会5大句型
Patterns

Unit **1**. 会话哈烧包
Conversation

会话1

Track 01

我们的相遇真是巧合
What a coincidence!

David: Hey, my friend, it's been a while.

Jane: Hi, Onion. What a coincidence!

David: Yeah, how have you been?

Jane: I've been good. Thank you.
How have you been?

大卫：嘿！我的朋友，好久不见。

珍：嗨，大卫。好巧喔！

大卫：对啊，你最近好吗?

珍：很好啊，谢谢。那你呢?

　　葱宝在路上和自己久违的朋友碰面。在街上巧遇的时候，可以说 "What a coincidence!"（好巧喔！）来表达自己的惊喜，没有想到会在这儿遇到对方。其中 "coincidence" 是名词 "凑巧"、"巧合" 的意思，而 "What a + 名词" 的句型是英文中的感叹句。

例如，以"好可爱的女孩喔"表示惊叹，英文是"What a cute girl!"，而如果看见一件衣服美呆了，可以说"What a beautiful dress!"（好美的衣服喔！）

如果对方是很久不见的朋友，可能好几个月或好几年，那打招呼的方式就不是用一般的"How are you doing?"（你好吗？）或"How is it going?"（怎么样了？），这时候用"How have you been?"比较适合。"How have you been?"是"How are you?"（你好吗？）的完成时句子，表示从上次见面到这次见面的这段期间内，对方过得怎么样，这里翻译成"你最近好吗？"。

遇见久违的朋友，中文会说"好久不见"，英文怎么说呢？英文用"It has been a while."（有一段时间了没见了。）或"It has been a long time."（好长一段时间不见。）。另外，也可以利用上面的说法扩展句子，例如"It has been a while since we met last time."或"It has been a long time since we met last time."。"since"是"自从～"，而"last time"是指"上一次"，两句的字面翻译是"自从我们上次见面已经有好一段时间了"，也可以简洁地翻译成中文的"好久不见"。

相关例句 / Learn More

▶ When did we meet last time?
我们上一次见面什么时候？

▶ How many years?
有几年了？

▶ It's really nice to meet you again.
很高兴再见到你。

▶ Why are you here?
你怎么在这里？

▶ I work here.
我在这里上班。

  Track 02

嗨！我是大卫
Hi, I'm David.

Jane: I think you haven' t met. Let me introduce.

David, this is Lydia.

David: Hi, I'm David.

Nice to meet you.

珍：我想你们没见过。

大卫，这位是莉迪亚。

大卫：嗨，莉迪亚。我叫大卫。

很高兴认识你。

"介绍"的英文用"introduce"这个词，所以要别人"自我介绍"就说"introduce yourself"（介绍你自己），而"介绍A给B认识"的英文则说成"introduce A to B"。例句中的情况就是一段介绍认识的对话。

要介绍他人时用的开场白，可以像例句中说"I think you haven't met."

（我想你们没见过），这是介绍人的假设。如果被介绍的两人其实早就认识了，他们可以说"Actually, we know each other."（事实上我们互相认识）。例句中的情况下，介绍人也可以对David说"Let me introduce you to Lydia."（让我介绍你跟莉迪亚认识）。

介绍他人用的句型是"This is（人名）."，中文翻译成"这是…"或"这位是…"以例句的情境为例，介绍人会说"This is Lydia and this is David."（这位是莉迪亚，而这位是大卫）。在双方被介绍认识的时候，中文通常都说"你好"，英文中相对的说法是"Nice to meet you."或"It's nice to meet you."（很高兴认识你）。

相关例句 / Learn More

▶ I will introduce you to her next time.
下次我介绍你跟她认识。

▶ This is Professor Lee from Stanford University.
这是斯坦福大学的李教授。

▶ I have heard so much about you.
久仰大名。

▶ You must be Cindy.
你一定是辛迪吧!

▶ I'm glad finally meet you.
我很高兴终于见到你了？

▶ It's my pleasure to meet you.
很荣幸认识你。

▶ It's really nice talking to you.
很高兴和你聊天。

  Track 03

美女，我们见过吗？

Have we met before, beautiful?

David: Have we met before?
Beautiful lady: I don't think so.

大卫：美女，我们见过吗？
美女：没有吧。

　　想要去认识一个陌生人或和她／他聊天，英文说 "pick someone up"，也就是中文的 "搭讪"。如果有人频频向你的方向望去，对你显示兴趣，则可以说 "She is coming on to me."（她对我有意思）。如果对方朝你抛了一个媚眼或一个笑容，则可以说 "She is making a pass at me." 其中，"a pass" 在这里的意思是 "一个动作"，代表任何可以表达自己情感的手势或肢体语言，中文可以简单地理解为 "她对我抛媚眼"。

　　搭讪开启话题的方式有很多，可以如例句中说 "Have we met before?"（我们以前见过吗？），或说"Have I met you somewhere?（我们是不是在哪儿见过？）"。如果在餐厅或酒吧，最常用的是请求和对方坐在同一桌，或坐对方的隔壁。这时候可以说"Can I join you?"，字面意思是"我可以加入你吗"，不过在真正情况下我们知道是指"我可以坐这吗"。另外，也可以说"Is the seat taken?"，意思是"这个位置有人坐吗"。

例句中葱宝用"Have we met before?"开启话题，如果没见过面或要拒绝搭讪可以说"I don't think so."，字面意思是"我不认为"，也就是"我们没见过面吧"。整句完整句子为"I don't think we have met before"（我们应该没见过吧）。如果不想太不礼貌，则可以说"Really. I don't remember."（真的吗，我不记得了）。如果真见过面，则可以说"Yes, we have."（我们见过）。

相关例句 / Learn More

▶ We have met at Shirley's party.
我们在雪莉的派对上见过。

▶ I have seen you several times at school.
我在学校见过你很多次。

▶ You look familiar to me.
你看起来好面熟。

▶ You remind me of someone.
你让我想起某个人。

▶ Sorry, I'm married.
对不起，我结婚了。

葱宝恋爱了　　Track 04

我可以坐在你旁边吗?

Do you mind if I sit down?

David: Do you mind if I sit down?
Beautiful lady: Yes, I'm afraid I do.
I'm expecting
someone actually.

大卫：你介意我坐下来吗？
美女：我介意，我其实在等人。

　　"Do you mind if I…"是一句非常实用的句型，用来征求对方的同意，或是希望对方为你做事。例句中的情况是征求对方的同意，希望坐在对方的旁边或和对方坐在同一桌，所以说"Do you mind if I sit down?"（你介意我坐下吗？），字面意思是"如果我坐下来你介意吗"。这通常是搭讪的第一步，如果对方同意，表示愿意和你聊聊天。

　　一般情况下，这种请求不是一个真正的问句，因为被要求的对方大多数会答应。因为问句问的是"你介意吗"，所以如果答应别人的请求就应该说"不介意"，英文回答"No."（不会）或"Not at all"（一点也不会）等等。如果在意的话，就回答"Yes."。有几种拒绝搭讪的方法，可以说"I'm expecting someone."（我在等人），"The seat is taken."（这位子有人），"I'm with my boyfriend / girlfriend."（我和我男朋友／女朋友一起来的），甚至可以说"I'm married."（我结婚了）。

"Do you mind if I…"日常生活中也常用，例如"Do you mind if I open the door?"（你介意我把门打开吗？），又例如"Do you mind if I close the window?"（你介意我关窗吗？），这些句子可以用来征求别的人同意，进而去开门或关窗。

相关例句 / Learn More

▶ Can I buy you a drink?
可以请你喝东西吗？
▶ Are you alone?
你一个人吗？
▶ I'm with my friends.
我和朋友一起。
▶ I'm waiting for someone.
我在等人。
▶ It's none of your business.
不关你的事。
▶ Mind your own business.
别烦我。
▶ Will you please leave me alone?
你让我一个人好吗？

  **Track 05**

第一次邀约，失败！

I'm sorry. I have other plans.

David: Are you free on Friday?

Lydia: Why?

David: How about getting together
Friday afternoon?

Lydia: I'm sorry. I have other plans.

大卫：你礼拜五有空吗？

莉迪亚：有什么事吗？

大卫：礼拜五下午聚聚如何？

莉迪亚：对不起，我有事。

　　"邀约"的英文用动词词组"ask out"，"ask"是"请求"、"询问"，所以"ask someone out"是请某人出去，也就是邀约。邀约通常都会先问别人是否有空作为开头，所以如果别人拒绝也不会太尴尬。例句中的情况就是先问对方礼拜五有没有空"Are you free on

Friday?"。面对他人的询问却不确定他人的意图时，通常就会回问"Why?"（为什么），也就是"为什么问这个"，这里翻成"有什么事吗"。

　　邀约有很多种句型表现，例句是"how about..."（～如何），后面的动词要用V＋ing的型式，而"get together"是美式英语"聚聚"、"聚会"的意思，所以"礼拜五见个面／聚聚吧"就说"How about getting together on Friday?"。其它邀约的句型也可以说成"Would you like to get together on Friday?"（礼拜五想要聚聚吗），"Let's get together on Friday."（我们礼拜五聚聚吧），和"Why don't we get together on Friday?"（我们何不礼拜五聚聚呢）。

　　面对别人的邀约，如何推掉或拒绝别人呢？一种方式是如例句中说"I'm sorry. I have other plans."（抱歉，我有别的计划了），就像中文说"我有事"或"我有约了"。另外，还可以说"I'm afraid…"，字面意思是"我恐怕…"，可以用来带出一个负面的讯息，在这里表示拒绝。

相关例句 / Learn More

▶ Would you like to go a movie?
你想去看电影吗？

▶ Why don't we go together?
我们一起去怎么样？

▶ I have an appointment with my dentist.
我和牙医有约。

▶ I can't make it tonight.
今天晚上不行耶。

葱宝恋爱了　　Track 06

第二次邀约，成功！
You mean like a date?

David: I'm wondering if we can go out sometime?

Lydia: You mean like a date?

David: Sort of.

Lydia: I would love to.

大卫：我在想我们改天可
　　　以一起出去吗？

莉迪亚：你是说约会吗？

大卫：算是吧。

莉迪亚：好啊，我很乐意。

想邀约的时候，可以用"I'm wondering if…"（我在想是不是可以…）作开头，比较不会那么突兀，也比较含蓄。例句是说"I'm wondering if we can go out sometime."，动词"wonder"是"纳闷"、"想知道"的意思，"go out"是"出去"、"出游"，

"sometime"是指"日后"、"改天"。整句话的意思有点像"我想知道我们是不是可以改天一起出去"，流畅一点的中文就说成"我在想我们改天可不可以一起出去"。这句话大多用于两方原来是普通朋友关系，但一方想进一步发展，稳定下来（go steady）的时候。

对话中的B，想要进一步确定A邀请他／她的目的和动机，所以就说了"You mean like a date?"（你是说约会吗？）。当有人说了动机不明的话，你想要确定他的想法，可以运用句型"You mean…"（你的意思是…）。例如"You mean I am too fat?"（你是说我太胖了？）或"You mean I can't go?"（你是说我不能去吗？）。"date"是指正式交往中的约会，不像一般的"get together"（聚会）或"go out"（出去）是中性、笼统的词。

如果愿意去赴约可以说"I would love to."（我很乐意去），"I would be happy to."（我很高兴一起去），"I'm honored."（我的荣幸）。

相关例句 / Learn More

▶ That would be great.
太好了。

▶ I'll be there.
我会去的。

▶ I wish I could go.
我希望我可以去。

▶ Maybe next time.
下次吧！

▶ Maybe some other time.
改天吧！

 葱宝恋爱了  Track 07

你可不可以来接我?

Could you pick me up?

David: I am going to Roger's party.
Are you coming?

Lydia: Yeah. Could you pick me up?

David: Sure. How about seven o'clock?

Lydia: O.K. See you then.

大卫：我要去参加罗杰的派对。
你要来吗?

莉迪亚：要啊，你可不可以来接我?

大卫：当然可以，七点好不好?

莉迪亚：好，到时候见。

　　"参加派对"英文可以说"go to a party"。例句中说的是"I'm going to Roger's party"（我要去参加罗杰的派对）。其中"be going to"不但有"去"、"参加"的意思，也表示了这是个未来动作或计划。另外，要交代是哪一个派对，可直接说出主办人、邀请人的名字，所以"Roger's party"就是罗杰的派对，或在罗杰家举办。

　　参加活动和宴会通常要找伴参加，如果要询问他人要不要去，可以如例句所说"Are you coming?"（你要来吗？），其实也可以说"Are you going?"（你要去吗？）。如果是邀约，可以说成"Do you want to go with me?"（你要跟我去吗？）或"Would you like to go with me?"（你愿意跟我一起去吗？）。

　　请别人来"接"你，我们通常用词组"pick someone up"，所以"你可不可以来接我"英文说成"Could you pick me up?"。另外，也可以说" Could you give me a ride?"字面意思"give"是"给"、"提供"的意思，而"ride"是"搭乘"，所以整句是"你可不可以载我一程"或"你可不可以来载我"。

相关例句 / Learn More

▶ I've got to get moving.
我该走了。

▶ I'm going.
我要走了。

▶ Leaving so soon?
这么快就要走了啊？

▶ Do you need a ride home?
要我送你回家吗？

▶ I'll drive you home.
我开车送你回家。

  **Track 08**

你今晚真是美艳动人
You look stunning tonight.

David: Wow, Lydia. You look
stunning tonight.
Lydia: Really? Thank you.
You look great, too.
David: Thank you.

大卫：哇，莉迪亚。你今晚
真是美艳动人。
莉迪亚：真的吗？谢谢。
你也很帅。
大卫：谢谢。

在人际关系中，适时地称赞别人是非常重要
的。要称赞别人的外表，可以用"You are…"（你
很…）或"You look…"（你看起来…）。有几个
词可以用来赞美人的外表，例如"lovely"（美）、
"beautiful"（美丽）、"wonderful"（漂亮）、
"fabulous"（美极了）、"stunning（美艳动人）、

"handsome"（英俊）、"cute"（可爱／帅气）、"terrific"（极好），而例句就是"You look stunning tonight."（你今晚真是美艳动人）。

　　面对别人的称赞，中国人通常会谦虚地说"没有啦"或"不会啦"，而在英文里没有相对的说法，因为英语文化的习惯是接受别人的赞美。所以面对赞美时，只要直接说"Thank you"就好了。如果面对称赞还是有点不好意思，通常就说"Really?"（真的吗？），有点惊讶的意思，表示你没有预期别人会这么说。

　　如果要称赞别人的特质或个性（personality），也有几个词可以用。例如"You are smart."（你真聪明）、"You are brave."（你很勇敢）、"She is hard working."（她很认真）、"She has character."（她很有个性）、"He has nice personality"（他的个性很好）。

相关例句 / Learn More

▶ You look great today.
你今天看起来好极了。

▶ You look very lovely tonight.
你今晚真是漂亮。

▶ I can't help noticing you.
我禁不住多看你几眼。

▶ That's very good on you.
你穿这件衣服很好看。

▶ Nice color.
很漂亮的颜色。

▶ Nice shirt.
很好看的衬衫。

  **Track 09**

谢谢你邀请我
Thank you for inviting me.

Lydia: I've had a great time tonight.

Thank you very much for inviting me.

Roger: You're certainly welcome.

Come again sometime.

莉迪亚：我今天晚上玩得很开心。

谢谢你邀请我。

罗杰：不用客气。

改天再来。

一般说"谢谢"，英文用大家耳熟能详的"Thank you."或"Thanks."，而"表达谢意"说成"expressing thanks."。去别人家作客，要说自己玩得很开心，可以利用词组"have a good time"（玩得很开心），其中"good"可以替换意义相似的词，形成不同的说法，例如"have a great time"或"have a wonderful time"。

感谢别人做了某一件事，可以用"Thank you for…"（谢谢你…），后面可接动词（V + ing 的形式），或是名词。所以如果要表达"谢谢你邀请我"，我们说"Thank you for inviting me."，其中"invite"是"邀请"。如果后面加名词可以说"Thank you for the lovely evening."（谢谢你让我有一个美好的夜晚），或是"Thank you for the delicious meals."（谢谢你美味的餐点）。其实，"感谢"还有其它说法"I am grateful for…"（我感谢…），还有"I appreciate it a lot."（我很感激）。

"不客气"可以说"You are welcome."，"You are certainly welcome."是强调的说法。另外还有"Don't mention it."（不客气），"My pleasure."（我的荣幸），和"Not at all."（不会）。

相关例句 / Learn More

▶ You should write a letter of thanks.
你该写封信谢谢人家。

▶ Thank you for everything.
万分感谢。

▶ I'm grateful for your invitation.
感谢你的邀请。

▶ I had a lovely evening.
我有一个美好的夜晚。

▶ I had a lot of fun.
我玩得很开心。

 Track 10

我已经爱上你了
I think I've fallen in love with you.

David: I think I've fallen in love with you.
Lydia: I beg your pardon?

大卫：我想我已经爱上你了。
莉迪亚：你说什么？！

　　要表达自己的爱意，和心爱的人说"我爱你"，一般用大家所熟知的"I love you."，或说"I love you so much."（我好爱你）。不过，这句既用在情侣关系上，也可以用在父母子女之爱、兄弟姐妹之爱或朋友之爱。若要和心仪的人表达"我爱上你"的心情，可说"I fall in love with you."。"fall"是"掉下"，"in love"指"在爱中"，也就是"恋爱"，所以"fall in love with someone"就是"爱上某人"，中文也有相同比喻"坠入爱河"。相关的句子例如"They are in love."（他们在谈恋爱／他们相恋）或"She is in love with Jack."（她和杰克在谈恋爱／她和杰克相恋）。而在句首加上"I think…"（我想…），可以开启对话，也可以缓和语气。

　　例句中，A表达了爱慕之情，但是B却觉得惊讶，出乎意料，所以说了"I beg your pardon?"（你说什么？）。这是一句常用的句子，"beg"是"请求"，而"pardon"的意思是"饶恕"、"原谅"，听不清楚别人讲什么的时候可以说"I beg your pardon?"就等于说"我没听清楚，请你再说一遍"。不过这里的情况则是后者不相信或讶异所听到的话，所以用"你说什么"来表达他的惊讶。

相关例句 / Learn More

▶ He is crazy about you.
　他很迷恋你。

▶ He has a crush on you.
　他迷上你了。

▶ I'm seeing someone.
　我有对象了。

▶ That's the most romantic thing I have ever heard.
　那是我听过最浪漫的话。

▶ I want to spend the rest of my life with you.
　我的下半辈子想与你一起度过。

▶ I can't live without you.
　没有你，我活不下去。

▶ They lived happily ever after.
　他们永远过着幸福快乐的日子。

  **Track 11**

迟到铸成大错
I apologize for being late.

Lydia: You have kept me waiting for 30 minutes.
David: I'm so sorry. I apologize for it.

莉迪亚：你让我等了30分钟。
大卫：真的很对不起，我道歉。

中文说"道歉"如果用一个英文动词代表就是"apologize"（道歉，赔不是）。不过，英文中表示道歉也有很多种形式，例句中的情况是迟到了，真的做错了一件事，这时候可以说"I apologize for it."（我道歉），比较正式。另外，也可以说"I'm sorry"（对不起）或"I'm so sorry."（我真的很抱歉），这种说法当然较为口语。

如果是请别人让路或是要暂时离开座位的"抱歉"，就用"excuse me"。如果情况是在吃饭时要暂时离开餐桌，或要暂时中断和别人的对话去做别的事，就说"Excuse me for a second."或"a second please"表示"一下"、"一会儿"，这可以直接翻译成"我可以暂时离开一下吗"，或依情况翻成"对不起我接个电话"等等。如果听不清楚别人说的话，想请别人重复，通常用"Pardon."（饶恕，原谅）或"I beg your pardon?"，一般表示"我没听清楚，请你再说一遍"。

约会迟到是时常发生的事。要说别人迟到了，可以说"You are late"（你迟到了）或"You are late for 30 minutes."（你迟到了三十分钟）。另外，也可以指责别人让你等太久，所以例句说"You have kept me waiting for 30 minutes."（你让我等了30分钟），其中词组"keep someone waiting"就是"让某人等候"。

相关例句 / Learn More

▶ I didn't mean to hurt you.
我并不想伤害你。

▶ What do you mean by saying that?
你说这句话是什么意思？

▶ I owe you an apology.
我应该向你道歉。

▶ Don't apologize.
不用道歉。

▶ You don't have to be sorry.
你不用觉得不好意思。

▶ I accept your apology.
我接受你的道歉。

葱宝恋爱了　Track 12

你要和我分手吗？

Are you breaking up with me?

Lydia: I think we should be apart for a while.

David: Are you breaking up with me?

How can you do this to me?!

莉迪亚：我觉得我们应该分开一下。

大卫：你要和我分手吗？

你怎么可以这样对我？！

　　中文的"分手"，英文用词组"break up"，其中"break"是"破"，"打破"的意思，而词组"break up"则有"分离"，"离散"的意思。如果说"和某人分手"，英文则要用"break up with someone"，所以例句中表示"Are you breaking up with me?"（你要和我分手吗？）。

　　如果向别人陈述和伴侣分手了，可以说"I'm breaking up with + 人名."（我要和某人分手），例如"I'm breaking up with john."（我要和约翰分手）。另外，也可以用"leave"（离开），例如说"I'm leaving you."（我要离开你）。

分手的时候通常都会交代分手的理由，这时候可以用"I think…"（我觉得…），或"Don't you think…（你不觉得…）作为开头，缓和一下气氛。类似例句中"I think we should be apart for a while."（我觉得我们应该分开一下），口气较为温和且礼貌。两个人"在一起"我们说成"be together"，而两个人"分开"就是"be apart"。"for a while"是时间副词"一段时间"的意思。

"how can you…"（你怎么可以…）用来责备别人做的事。例句是"How can you do this to me?"（你怎么可以这样对我？），另外也可以说"How can you hurt me like that?"（你怎么可以这样伤害我？）。

相关例句 / Learn More

▶ You hurt my feelings.
你伤了我的心。

▶ I don't want to hurt your feelings.
我不想伤你的心。

▶ We don't get along.
我们两个合不来。

▶ Please don't go.
求求你别走。

▶ I need you.
我需要你。

▶ We'll get back together.
我们复合了。

会话2

多彩多姿的葱头生活 Track 13

我们去庆祝庆祝！
Let's go celebrate!

Roger: Italy won the championship in the World Cup!
David: Yeah! Come on, let's go celebrate!

罗杰：意大利赢了世界杯冠军了！
大卫：万岁！万岁！
　　　我们去庆祝一下吧！

　　要表达心情上很快乐，英文有很多可用的形容词。例如，"happy"（快乐），"glad"（高兴的），"delighted"（愉悦的），"excited"（兴奋的），"thrilled"（非常兴奋的）等等。如果是描述一个人的天性乐天开朗，则可以用"optimistic"（乐观的），"carefree"（乐天的），"light-hearted"（开朗的）。

听到一个好消息时，我们会发出赞叹词，来表达我们兴奋的心情。这时候可以说"Great!"（太好了！），"Terrific!"（好极了！）或"How nice!"（真棒！）来响应这个好消息。另外，还有非常美式的欢呼声"Hurray!"，也可以拼成"Hurrah!"或"Hooray!"，是"好哇"、"万岁"的意思。Hurray这个字除了当作高兴时的欢呼声之外，还可以在比赛进行的时候，当作加油喝彩用，这时候有点类似"加油、加油"的意思。

如果听到别人的好消息，我们通常会说"Congratulations!"（恭喜！）。好事来临时，总要庆祝一下，"庆祝"就是"celebrate"，可以说成"Let's celebrate."（让我们庆祝一下），"Let's go celebrate."（我们去庆祝吧）或"Let's go out to celebrate."（我们到外面去庆祝）。

相关例句 / Learn More

▶ I'm happy for you.
　我为你高兴。

▶ I'm glad you did it.
　很高兴你做到了。

▶ Carol will be delighted to see you.
　卡罗一定很高兴见到你。

▶ Are you excited to go to Disneyland?
　要去迪斯尼乐园耶，高不高兴?

▶ I'm thrilled to visit my friends in Canada.
　要去探望在加拿大的同学，我超兴奋的。

▶ Let's go out for a drink to celebrate.
　我们出去喝一杯庆祝一下。

多彩多姿的葱头生活  **Track 14**

你看起来很糟
You look awful.

Cindy: What's wrong?
Jane: Nothing... I'm fine.
Cindy: No, you look awful.

辛迪：怎么回事？
　珍：没事，我很好。
辛迪：才没有，你看起来很糟耶。

　　看到别人无精打采、心不在焉或表现失常的时候，我们通常会问候一下表达关心。问候的方式有很多种，例如"What's wrong?"，字面意思是"哪里不对"，也就是问别人"怎么回事"。另外还有"What's the matter with you?"（你到底怎么了？）、"Are you OK?"或"Are you all right?"（你还好吗？）。

　　不对劲的原因可能是身体不舒服，也有可能是心理因素。上述问候可以问候身心，但如果你觉得对方可能有心事，则可以问"Something happened?" （发生什么事了吗？），"Do you want to tell me about it?" （你想聊聊吗？）。另外，"Is something bothering you?" 中的 "bother" 指的是 "烦恼"、"打扰"，整句意思是 "你在烦什么吗" 或 "你有什么心事吗"。

　　要响应别人的问候，可以简单地说 "没事"，英文用 "Nothing."。当然因为问候句型的不同，也可以答 "Nothing happened."，"Nothing is going on"，或 "Nothing is bothering me."，以上皆可翻译成 "没事"。强调自己没事，则说 "I am fine."，"I am OK" 和 "I am all right."。

相关例句 / Learn More

▶ Do you want to tell me what happened?
　你想告诉我发生什么事了吗？

▶ Do you want to share it with me?
　你要我帮忙分担吗？

▶ You look pale.
　你脸色苍白。

▶ You don't look fine to me.
　你看起来一点都不好。

▶ I feel sick.
　我不舒服。

▶ I didn't sleep well. That's all.
　我只是没睡好而已。

▶ I didn't want to talk about it any more.
　我不想再谈这个了。

多彩多姿的葱头生活  **Track 15**

我今天真背
Today isn't my day.

Jane: Today isn't my day. Everything went wrong.

Cindy: Cheer up! It's not the end of the world!

　珍：今天真背。什么事情都不顺。

辛迪：高兴一点嘛。又不是世界末日。

　　"Today is not my day." 是一句很地道的英文，字面的翻译是"今天不是我的天"，表示一整天事情都不顺遂，有很多烦人的事情发生，中文似乎没有相对的惯用语，不过我们理解为"今天真背"。其它类似的说法还有"Today is really a bad day." 或"I have a bad day today."。"bad" 是"不好"、"坏的"，中文意思是"我今天运气真差"或"我今天真不顺"。上述两种句型如果代换成"昨天"，就变成了"Yesterday was really a bad day." 或"I had a bad day yesterday."（昨天运气真坏）。"事情不顺"的英文要怎么说呢？可用"Everything goes wrong."或过去式"Everything went wrong."，用"go"这个动词描述事情的发展，"wrong"就是"错的"，"不对的"，所以"go wrong"也就是事情发展不对劲，不顺心。这个句型还有几种变化形成其它惯用语，例如"How is everything going with you?"（一切都还好吗？），"Everything is going fine."（都很好）。

鼓励别人有哪些用语呢？最简单的是"Cheer up!"（高兴一点），这是一个常用词组，用来鼓励心情低落的人。另外，"It's not the end of world."也很常用喔，意思就是"又不是世界末日"，有时候我们也说"Tomorrow is another day."（明天又是新的一天）。

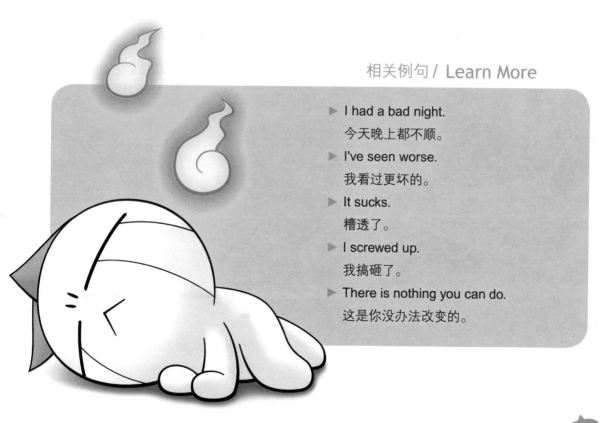

相关例句 / Learn More

▶ I had a bad night.
今天晚上都不顺。

▶ I've seen worse.
我看过更坏的。

▶ It sucks.
糟透了。

▶ I screwed up.
我搞砸了。

▶ There is nothing you can do.
这是你没办法改变的。

多彩多姿的葱头生活  Track 16

我老是做不好
I can never do it right.

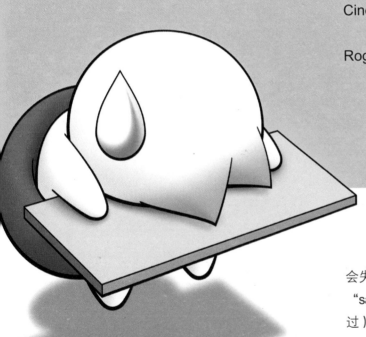

Cindy: What's wrong with me?
   I can never do it right.
Roger: Keep trying. You can make it.

辛迪：我到底是怎么回事？
   好像永远都做不好。
罗杰：继续努力吧。
   你一定可以做到的。

当人一直遇到困难或挫折的时候，难免会失意、沮丧、难过，这种情绪在英文可以说"sad"（伤心）、"unhappy"（不快乐／难过）、"depressed"（沮丧），例如"Mary is depressed."（玛丽很沮丧）等。英文也可以用比喻的方式来表达，用"low"（低）和"down"（下面），例如"I feel down."，也就是中文说的"心情低落"。

例句中的Cindy因为心情低落，失去自信而说"What's wrong with me?（我是怎么了？）"，"what's wrong"字面是说"哪里不对"，也就是"怎么回事"。她认为她永远做不好事情，所以说"I can never do it right."。

　　这种情形下要替对方加油打气，我们可以说"Keep trying"（继续努力），"keep"是"持续"，后面的动词要接V + ing形式，所以"try"（尝试）变"trying"。也可以鼓励对方"不要放弃"，可以说"Don't give up."，"give up"是词组"放弃"的意思。也有人会说"Don't give in"（不要认输），其中词组"give in"的意思是"投降"、"认输"。

相关例句 / Learn More

▶ I can't take it anymore.
　　我再也受不了了。

▶ I know how you feel.
　　我知道你的感受。

▶ I will always be there for you.
　　我永远支持你。

▶ I'll alsways be with you.
　　我永远在你身边。

▶ You are so sweet.
　　你真贴心。

▶ I am in bad mood.
　　我心情不好。

▶ I feel blue.
　　我很郁闷。

多彩多姿的葱头生活  **Track 17**

放轻松，放轻松
Take it easy.

Roger: I am going to a job
interview this afternoon.
I'm so nervous.
Lydia: Take it easy. You will
do fine.

罗杰：我今天下午要去面试工作。
我好紧张。
莉迪亚：放轻松。你会表现得很好的。

　　"工作面试"的英文就叫做"job interview"。罗杰说下午就要去面试应征工作了，心情难免紧张。"紧张"的英文是"nervous"，所以例句中的罗杰说了"I am so nervous."（我好紧张）。如果紧张到"慌"了，我们说"panic"，所以要人"别慌"就说"Don't panic."或"Don't be panic."

当别人紧张的时候，最常用的一句话就是"Take it easy"，字面意思有点像"看得简单一点"，这里翻成"放轻松"。其实"放轻松"还可以用另一个动词来代表，那就是"relax"，所以"Take it easy."也可以改说"Relax."。

除了安慰对方放轻松外，还可以鼓励他人，中文说"你会没事的"或"你会表现得很好的"有以下几种说法"You will do fine."（你会表现得很好的），"Everything is going to be fine."（一切都会没事的）。

相关例句 / Learn More

▶ I can't breathe.
我不能呼吸了。

▶ Take a deep breath.
深呼吸。

▶ I doesn't work.
没有用。

▶ Calm yourself down.
你冷静一点。

▶ Just do your best.
尽力而为吧。

▶ Don't worry.
别烦恼。

▶ Good luck!
祝你好运。

▶ You are doing fine.
你表现得很好。

多彩多姿的葱头生活　**Track 18**

你疯了吗？
Are you out of your mind?

David: Are you out of your mind?
What do you think you are doing!
Roger: Cool down. Let me explain it to you.

大卫：你疯了吗？你以为你在干嘛！
罗杰：冷静一点。听我解释。

　　例句中的情况，大卫显然很生气。生气的英文有几个词，例如 "angry"（生气）、"mad"（恼火）、"furious"（怒气冲天）等等。例如，"He is angry at Annie."（他在生安妮的气），"I am mad at you."（我在生你的气）或 "He is furious."（他怒气冲天）。

　　人在生气的时候总会说责备的话，例句中的情况一定是对方做错了什么不可思议的事情，所以才说"Are you out of your mind?"（你疯了吗？），另外也可以说"Are you crazy?"，"Are you nuts.?"。其中"crazy"是"疯狂"，而"nuts"是口语中的"疯子"。另外他还说了"What do you think you are doing!"，也就是中文说"你以为你在干嘛啊"，也是责备别人时所用的。

请别人"不要生气了"、"冷静下来"，可以说"Cool down"或"Calm down"，这其实不难理解，因为"cool"是"凉快"的意思，"down"是"向下"，所以"cool down"就相当于我们的"'冷'静'下'来"。另外，"calm"是"冷静"的意思。"Cool down"或"Calm down"不只可以用在他人生气的时候，还可以用在别人紧张或惊慌的时候。

相关例句 / Learn More

▶ He pissed me off.
他惹毛我了。

▶ Don't make excuses.
不要找借口了。

▶ He didn't mean it.
他不是故意的。

▶ Don't be so angry.
别这么生气。

▶ Forgive him.
原谅他吧！

 多彩多姿的葱头生活  **Track 19**

你觉得呢?

What do you think?

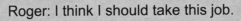

Roger: I think I should take this job.

What do you think?

David: I don't know. In my opinion,

you don't have to take it right away.

罗杰：我觉得我应该接这个工作?

你觉得呢?

大卫：我不知道。依我看，你不用

现在就接下来。

表达自己的意见可以运用下例几个句型："I think…"（我想／我觉得），"I believe…"（我相信），"In my opinion, …"（我个人认为…），"from my point of view…"（从我的观点来看）等等。这些说法大概等同于中文口语中"我想"、"我看"和"我觉得"。其中的"opinion"是"意见"的意思，而"point of view"则是"观点"。

如果要很谦虚地表达自己的意见，则可以说"in my humble opinion"，"humble"是"谦逊的"，这句话有点像"依个人浅见"或"依个人拙见"。如果不是那么确定，就可以说"I don't know."（我不知道）。

相反的，如果是询问别人的意见可以用"What do you think?"（你觉得怎样？）、"What's your opinion?"（你的意见如何？）、"What's your suggestion?"（你有什么建议？），"How about you?"（你呢？）等等。如果想询问对方意见，则用"In your opinion, …"（依你的意见来看…）或"From your point of view, …"（以你的观点来看），不过这属于比较正式的用法。

相关例句 / Learn More

▶ I can't agree with you more.
　我非常不赞同你的观点。

▶ I agree with you.
　我同意你的意见。

▶ I'm like you.
　我的想法和你一样。

▶ Are you with me?
　你跟我立场一致吗？你同意吗？

▶ Are you on my side?
　你站在我这边吗？

▶ I mean it.
　我说真的。

▶ You can't be serious.
　你不是认真的吧！

会话3

葱宝电话热线不断 **Track 20**

是我，辛迪啦！
It's me, Cindy.

Cindy: Hi, David. It's me, Cindy.
David: Hi, Cindy. What's up?

辛迪：嗨，大卫。是我，辛迪啦！
大卫：嗨，辛迪。什么事？

英文的"打电话"说成"making a phone call"，其中"a call"或"a phone call"就是"一通电话"的意思，和动词"make"合用成一个惯用语，就像中文习惯说"打"电话一样。不过也可以直接单用"call"这个字，例如"I called you yesterday."（我昨天打电话给你）或"Who are you calling?"（你打给谁？）。中文打电话或回电话时习惯说

"喂"，英文里头则是"Hello"来开启对话，有时候也说"Hi"，不过"Hi"通常表达热情，也用于比较亲近熟识的人。

　　如果对方是很熟识的朋友，拿起电话可以直接说，"It's me."（是我啦）。如果怕对方认不出自己的声音，可以再交代名字"It's me, Lydia."（是我，莉迪亚啦）。另外，也可以直接说出自己的名字"It's Lydia."（是我莉迪亚）。如果认不出对方声音，就要请问对方的身份或名字，这时候可以说"Who is this?"（是哪位？），"Who is speaking?"（请问是哪位？）或"Who is calling?"（请问哪里找？）。

　　接到熟悉的朋友或家人的电话，我们会直接问"有什么事"，这时候就说"What's up?"。这句话不只用于电话，也可以用在日常生活中当作招呼语，就跟"How are you doing?"的地位和功能相同。

相关例句 / Learn More

▶ Guess what?
你知道吗？

▶ I can't talk right now.
我现在不方便说话。

▶ I'll call you back.
我再回你电话。

▶ I'd better go.
我要挂电话了。

▶ I've got to go.
我要挂电话了。

 葱宝电话热线不断  **Track 21**

珍在吗?
Is Jane in?

Cindy: Hello, is Jane in?

Lydia: Hold on, please.

(Turning to Jane and yelling)

Jane, it's for you.

辛迪：喂，珍在吗？

莉迪亚：请等一下。

（转向珍然后大叫）

珍，你的电话。

打电话给别人的时候，有人会先交代自己的名字，这种在电话中自我介绍不用一般的"I'm…"（我是…）开头，而是说"This is…"（我是…），例如"Hello, this is Cindy."（喂，我是辛迪）。在电话中找人有好几种说法，可以说"Is Jane in?"或"Is Jane there?"，翻译成"珍在吗"，也可以说"Is Jane home?""珍在家吗"，以上三种是比较口语的用法。

接电话时如果要请对方等一下，要说"Hold on, please."，和一般的"等一下""Wait a minute."不同。"hold on"是词组，特别用在电话会话中请对方不要挂断，稍等一下。其它还可以说"Hold on a moment, please."，"Hold on a second, please."，其中"a moment"，"a second"原意是"一会儿"和"一秒"，意思是指"一下子"。另外，"hold on"也可以不说，直接说"One moment, please."或"One second, please."。这些都是电话英语中"请等一下"的意思。如果说"我去叫她／他"，英文说成"I'll go get her / him."。

要请别人来听电话也有好几种表达法，可以说"It's for you."，"it"是代词，指打来的那通电话，翻译成"找你的"。也可以说"You are wanted on the phone."，字面的意思是"电话要你"，相当于中文说"你的电话"一样。如果接电话的人知道是谁打来，也可以直接转达，例如"Mom, It's granny."（妈，是奶奶找你），或"Jane, Cindy is calling."（珍，辛迪打来的）。

相关例句 / Learn More

▶ I'm making a long distance call.
我要打长途电话。

▶ I'm making a collect call.
我要打对方付费电话。

▶ I'm calling Debbie.
我打给黛比。

▶ I'm calling from Taiwan.
我从台湾打来的。

▶ I'm making a phone call to America.
我打电话到美国。

 电话热线不断

 Track 22

我就是罗杰
This is Roger speaking.

Nicolas: Hello, May I speak to Roger?

Roger: This is Roger speaking.

Nicolas: Hi, this is Nicolas from ABC Company.

Roger: Hi, Nicolas.

尼古拉斯：喂，罗杰在吗？

　　罗杰：我就是。

尼古拉斯：我是ABC公司的尼古拉斯。

　　罗杰：尼古拉斯，你好。

　　"speak"本意是"说话"、"讲话"，我们说"讲电话"的"讲"就是用这个字。所以，"我在讲电话"，英文要说成"I'm speaking on the phone."，要请对方接听电话可以像例句中说的"May I speak to Roger?"（请找罗杰），这是比较正式也比较客气的用法，一般商业电话就会这么用。也可以说"I'd like to speak to Roger."（我找罗杰），"I'd like"是"I would like to"的缩写，

就是"我要"、"我想要"比较客气的说法。

　　回电话的时候如果是本人，除了例句中的"This is Roger speaking."之外，还有其它相似的说法，可以直接说"This is Roger."，或更简单地说"Speaking."。"Speaking."就是指本人正在讲话，相当于"我就是"的意思。另外还有一个比较特殊的用法；如果是女生可以说"This is she."，男生就说"This is he."，字面上的意思是"我就是她／他"也就是"我就是你要找的那个人"，不过中文应该一律理解为"我就是"。

要交代自己的身份，最常用的"This is…"，而例句中的尼古拉斯又用了"from"带出自己公司名字，所以整句说成"This is Nicolas from ABC Company."（我是ABC公司的尼古拉斯）。为了区别，有时候也可以加上地名，例如"This is Nicolas from Canada."，意思是"我是加拿大的尼古拉斯"，也意指这通电话是从加拿大打来的。

相关例句 / Learn More

▶ May I use your phone?
可以借用你的电话吗？

▶ Can you dial this number for me?
可不可以帮我拨这个号码？

▶ Get James on the phone.
叫詹姆斯来听电话。

 Track 23

你可以晚点再打来吗?
Can you call back later?

Roger: Hello, Is Lydia home?
Jane: She is taking a shower.
　　　 Can you call back later?

罗杰：喂，莉迪亚在家吗?
　珍：她在洗澡，你可以晚点再
　　　打来吗?

　　"接电话"英文用的是"answer the phone call"。"answer"是"回答"、"回应"的意思，同理，中文说的"应门"在英文也可以用"answer"这个字，说成"answer the door"。而拿起话筒接听电话的动作，也可以说成"pick up the phone"。"pick up"是"捡起"、"拿起"的意思，所以"pick up the phone"的字面意思是"拿起话筒"，我们理解为"接电话"。

接电话的时候，如果对方要找的人不方便接电话，可以交代他在做别的事，例如"She is taking a shower."（她在洗澡），"She is in the bathroom."（她在洗手间），"She is in the meeting."（她在开会），"She is talking to someone else."（她在和别人讲话）。

既然要找的人不能接电话，可以请打电话来的人等一下再打，这时候说"Can you call back later?"（请你等一下再打来），"call back"是"回电"的意思。通常回答的人就可以说"I'll call back later."（我等一下再打来）。如果要对方久一点再打来，可以加上时间，例如"Can you call back thirty minutes later?"（请你三十分钟后再打来），或"Can you call back one hour later?"（请你一个小时后再打来）。

相关例句 / Learn More

▶ Who should I say is calling?
请问哪里找？

▶ I'll check if she is in.
我去看看她在不在。

▶ She is not in.
她不在。

▶ Please don't hang up.
不要挂断。

▶ When will he be back?
他什么时候回来？

▶ He will be back soon.
他很快就回来了。

 电话热线不断  Track 24

要她回你电话吗?

Do you want her to call you back?

Cindy: This is Cindy. Is Roger there?

David: He is busy now. Do you want him to call you back?

辛迪：我是辛迪，罗杰在吗?

大卫：他现在正在忙，
要他回你电话吗?

　　如果对方要找的人现在不能接电话，英文要怎么说呢? 可以说 "He can't answer your call at this moment"，"answer one's call" 是"回电话"，"at this moment" 是"当下"、"现在"的意思，所以整句是"他现在不方便接你的电话"。另外可以说"他在忙"，英文是 "He is busy now."，或"他没空接电话" "He is occupied now."，"occupy" 是"占据"、"占满"，表示这个人完全被占满了，无法接电话，是非常生动的描述。还有一种情况是他在用另一个电话，这时候说 "His line is busy."（他正电话中）或 "He is on the other line"（他在讲另一个电话）。

中文的"回电话"，英文说成"call someone back"。"要她回你电话吗"说成"Do you want her to call you back?"或"Would you like her to call you back?"，其中"want"和"would like"都是"要"、"想要"的意思。另外还可以利用词组"return one's call"，"return"是"还"、"返回"的意思，所以"return one's call"就是"回电话"的另一种说法，整句说成"Do you want her to return your call?"，中文意思不变。

相关例句 / Learn More

▶ No, it's all right.
不用，没关系。

▶ I'll call back later.
我再打来。

▶ Please tell him that I called.
麻烦告诉他我打来。

▶ I'll give her the message.
我会转告她。

▶ Does she know your phone number?
她知道你的电话号码吗？

▶ What is your telephone number?
请问你的电话号码？

▶ May I have your name?
请问你贵姓？

▶ May I have your phone number, please?
可以留下你的电话号码吗？

▶ How do you spell your name?
你的名字怎么拼？

▶ Can you spell your name for me?
可以把你的名字拼给我听吗？

葱宝电话热线不断  Track 25

我可以留言吗？
Can I leave a message?

David: May I speak to Jane, please?
Lydia: She is not in.
David: Can I leave a message?
Lydia: Sure, go ahead.

大卫：麻烦请找珍。
辛迪：她不在。
大卫：我可以留言吗？
辛迪：当然可以，请说。

当打电话要找的人不在的时候，我们会希望留言，"留言"的英文有两种说法，一种以留言者的角度来说，就是"leave a message"，字面意义是"留下讯息"，其中"leave"是"离开"、"留下"的意思，而"message"则是"讯息"的意思；另一种说法是以帮人留言的角度来说，就是"take a message"，字面意义是

"记下讯息"，其中"take"是"记下"、"记录"的意思。

如果我们打电话过去，希望对方帮我们留言，我们会如第一种说法说"Can I leave a message?"（我可以留言吗？）。如果运用第二种"take a message"，则说成"Can you take a message for me?"（你可以帮我留言吗？）。相对的如果是接电话的人希望对方留言，则问"Do you want to leave a message?"（你要留言吗？），或是"Can I take a message for you?"（要我帮你留言吗？）。

遇到对方请求留言，一般开始会以"Sure."或"Certainly."来响应，表示"当然可以"。之后请别人说留言可以用"Go ahead, please."（请说）或"What is it ?"（什么事？）。如果手边没有纸笔，可以说"Just a moment. I'll go get a pen."（等一下，我拿支笔），或"Just a second. I'll go get a piece of paper."（请等一下，我拿张纸）。

相关例句 / Learn More

▶ I can't take your call
  right now.
  我现在无法接听你的电话。

▶ Please leave a message
  after the beep.
  请在哔一声之后留言。

▶ I'll call you back as soon
  as possible.
  我会尽快回电话。

▶ I'll get back to you.
  我会与你联络。

 葱宝电话热线不断

 **Track 26**

请帮我转接到350房

Would you connect me to room 350?

Operator: Operator. May I help you?
Roger: Would you connect me to room 350?
Operator: I'll connect you.

总机：这里是总机，很高兴为您服务。
罗杰：请帮我转接到350房。
总机：马上为您转接。

　　打电话到比较大的机关或公司时，总是需要转接电话。例句中的情形是有位总机（operator）服务，通常总机会说"May I help you?"，字面意思是"我能为您服务吗"，也就是中文说"很乐意为您服务"，这时候可以说自己要转接的人或地方。

　　"转接电话"在英文中有两种表达方式，一个是动词"connect to＋地方／人名"（连接到），另外一个则是词组"get

through to + 地方／人名"（接通到）。以例句的情况来说，是打到饭店请饭店总机转接到房间，这里用的是"connect to"，整句是"Would you connect me to room 350?"（请帮我接到350房），也可以说成"Please connect me to room 350."，意思是一样的。

房号的读法是从后面开始两码一组，所以"50"是一组，剩下的"3"自己一组，所以"350房"念成"room three fifty"。词组后面也可以直接接人名，所以"请帮我接史密斯小姐"可以说"Please get me through to Miss Smith."。

总机说"马上帮你转接"，英文说成"I'll connect you."或"I'll get you through"。当然总机也可以说"Hold on, please."，"One moment, please."等等，请打电话来的人稍等一会儿。

相关例句／Learn More

▶ The line is busy.
　电话忙线中。
▶ Do you want to hold?
　您要稍等一下吗？
▶ For English service please dial 8.
　英语服务请按8。
▶ Please dial extension number.
　请直拨分机号码。

 葱宝电话热线不断  **Track 27**

你一定是打错电话了
You must have dialed the wrong number.

Somebody: Hello, Is James there?

Roger: I'm sorry. We don't have James here.

You must have dialed the wrong number.

Somebody: I'm sorry.

某人：喂，詹姆斯在吗？

罗杰：对不起，这里没有这个人。

你一定是打错电话了。

某人：对不起。

"dial"是"拨打"的意思，而"the number"这里指的当然是电话号码。"dial the number"原本指"拨电话号码"这个动作，不过某些情境下当然也可以理解为"打电话"。所以，罗杰所说的"打错电话"，英文说"dial the wrong number"，整句说成"You must dial the wrong number."

（你一定打错了）。打电话的人如果意识到自己打错，通常就会说"I must dial the wrong number."（我一定是打错了）。

　　一般的情况下，告知别人打错电话还可以说"You have the wrong number"，字面的意思是"你拿到的号码是错的"。如果要告诉对方没有这个人，通常就说"There is no James here."（这里没有叫詹姆斯的人），也就是中文我们常说的"这里没有这个人"。另外，还可以说"We don't have＋人名here."，例句就是"We don't have James here."，直接翻译的话变成"我们这里没有詹姆斯"。打错电话的时候，要说抱歉就说"I'm sorry."（对不起）就可以了。

相关例句 / Learn More

▶ Can you reconfirm your number?
　可不可以再确认一下你的号码？

▶ Can you check the correct number for me?
　可不可以帮我查正确的电话号码？

▶ What number did you dial?
　你拨的号码是几号？

▶ The number is correct.
　号码是正确的。

▶ I can't reach him.
　我找不到他。

▶ My phone is out of order.
　我的电话坏了。

 葱宝电话热线不断  **Track 27**

讯号太微弱了
The signal is too weak.

David: Can you hear me?
Cindy: I can hardly hear you.
The signal is too weak.

大卫：你听得到我说话吗？
辛迪：我听不清楚，
讯号太微弱了。

电话交谈时，中文问"你听得到吗"，英文则是说"Can you hear me?"。这句话中"hear"一个字本身就是"听"或"听得到"、"听得见"的意思。听不见的话就直接说"I can't hear you."。如果是听不清楚，就像辛迪在例句中所说"I can hardly hear you."。"hardly"是一个特殊的字，意思是"几乎不"、"不完全"。这里的"I can hardly hear you."就是"我几乎听不到你说话"，也就和我们在电话中说"我听不清楚"同义。

手机（mobile phone/cell phone）常常有讯号接收不良的问题。"signal"就是"讯号"，所以讯号太微弱就说"The signal is too weak."。另外，打电话时听到忙线中的嘟嘟声，英文就叫"busy signal"（忙线讯号）。如果你打的电话都一直在忙线中，通常会说"I keep getting the busy signals."（我一直听到忙线讯号），就是"电话一直在讲话中"的意思。如果因为讯号微弱而造成通话时断断续续的情况，英文说"The line is disconnecting."（你的电话断断续续的），"line"指的是电话线路。

相关例句 / Learn More

▶ It is too noisy here.
这里太吵了。

▶ Let me find somewhere quiet.
我找安静一点的地方。

▶ I'm losing you.
我快听不见了。

▶ Please speak louder.
讲大声一点。

▶ Please repeat it again.
请再说一遍。

▶ The battery is low.
电池快没电了。

▶ I can't get through.
我打不通。

▶ Your connection will be terminated.
电话即将中断。

会话4

 葱宝的美食探险  Track 29

我们晚餐吃什么?
What do we eat for dinner?

Roger: What do we eat for dinner?
David: What do you have in mind?
Roger: How about Italian food?
David: Sounds great. Let's go.

罗杰：我们晚餐吃什么？
大卫：你想吃什么？
罗杰：意大利菜怎样？
大卫：听起来不错，走吧！

　　决定要吃什么向来都是个头痛的问题。如果晚餐在外面吃，又不确定要吃什么，会说"What do we eat for dinner?"（我们晚餐吃什么）。如果在家里，问厨房做菜的人晚上要吃什么，则只要简单地说"What's for dinner?"就可以了。

　　一般被问到要吃什么，常常也回答不出来，这时会说"I have no idea."，也就是说"我不知道"。有时候会把问题丢回去，问对方的意见，可以说"What do you have in mind?"，字面意思是"你心里有什么想法"，这里相当于中文反问"那你想吃什么"。如果想请对方决定，可以说"It's up to you"（你决定），也可以说"Your choice"（你决定）。

　　想吃某一家餐厅或某种特定的食物，可用"How about + 餐厅名 / 食物名称."（…好不好），或"Let's go to + 餐厅名 / 食物名称."（我们去吃…）的句型，例如"Let's go to McDonald's."（我们去吃麦当劳），"How about McDonald's?"（吃麦当劳好不好）或"Let's have some pizza."（我们吃比萨吧）。

相关例句 / Learn More

▶ Do you like Italian food?
你喜欢意大利菜吗?

▶ How about going out for dinner tonight?
今天晚上到外面吃吧。

▶ I'm afraid I can't go with you.
抱歉我不能跟你去。

▶ I don't like that restaurant.
我不喜欢那家餐厅。

 葱宝的美食探险  **Track 30**

我要订位
I want to make a reservation.

Texas Grill: Texas Grill. May I help you?

Jane: I want to make a reservation for tonight at six.

We have four people.

德州烧烤：这里是德州烧烤，很高兴为您服务。

珍：我想要订今天晚上六点的位子，
我们有四个人。

如果是打电话订位，餐厅的人接起电话，通常会先说 "May I help you?"（有什么需要我服务的？）。这是一种餐厅或服务机构的招呼语，相当于中文说"您好"或"很高兴为您服务"。这时候你可以表示要订位 "I want to make a reservation."（我要订位）或 "I would like to make a reservation."（我想要订位）。

"reservation" 是名词"预约"的意思，用在餐厅订位或在旅馆订房时等等。通常和动词"make"连用，词组"make a reservation"表示"预约"、"订位"的这个动作。

另外，也可以在句子后面加上"for"来说明时间、日期或人数，句型如下："I want to make a reservation for + 时段／日期／人数at + 时间."，而例句中珍要预订今晚六点的位子，所以说"I want to make a reservation for tonight at six."（我想订今天晚上六点的位子）。如果预订明天中午十二点的位子，就会说"I would like to make a reservation for tomorrow noon at twelve."。要进一步交代人数，如例句是四位，则可以说"We have four people."（我们有四个人）或"We have four."（我们有四位）。

相关例句 / Learn More

▶ Do I need to make a reservation?
我需要事先订位吗？

▶ We will be there around six.
我们大概六点会到。

▶ Can you give me a table next to the window?
可不可以给我靠窗的位置？

▶ May I have your name?
请问您贵姓？

▶ Can you spell it for me?
可不可以拼给我听？

▶ Under what name, please?
用哪位的名字订？

▶ Can you leave your phone number?
可不可以留下你的电话号码？

▶ I'll repeat it for you.
我重复一遍。

 **Track 31**

你们有几位?

How many are you?

Receptionist: Good evening, sir. How many are you?

Roger: A table for three, please.

Receptionist: Follow me, please.

接待员：先生晚安，请问你们有几位？

　罗杰：我们有三位。

接待员：请跟我来。

　　进餐厅的时候，通常门口会有一位接待的接待员（receptionist）帮忙带位。他们通常都会先问有几位客人，问法有好多种，从正式到简单的说法依序是："How many people do you have?"（请问你们一共有几位？），"How many are you?"（请问你们有几位？），"How many of you?"（请问你们几位？），"How many?"（请问几位？）。"How many?"一般情况下是问"有多少"，不过在餐厅带位的情况下是指"几位"。

要交代有几个人，也有几种讲法。可以直接回答数字"Three."或"Three people."（三位）。另外，还可以说"We have three（people）."（我们有三个人），其中"people"可以省略。还有一个特别也很地道的说法，就是"A table for + 人数."，像例句中说"A table for three, please."，字面的意思是"三个人的桌子"，不过中文没有相对的说法，所以我们知道它的意思是指"有三个人"。

带位的时候接待员有时候会问"吸烟还是不吸烟"，这时候英文说"smoking or non-smoking?"，依此类推"吸烟区"就叫"smoking area"而"非吸烟区"就是"non-smoking area"。最后接待员或许会说"我来带位"，英文说成"I'll show you to the table."

相关例句 / Learn More

▶ Do you have a reservation?
你们有订位吗？

▶ I have a reservation.
我有订位。

▶ Do you have a table for five?
你们有五个人的位置吗？

▶ Can I change my table?
我可以换桌子吗？

▶ There is no table available right now.
我们现在没有位子了。

▶ That table is reserved.
那个桌子有人预订了。

▶ Please take a number.
请拿一个号码。

▶ How long should I wait?
请问要等多久？

 葱宝的美食探险  **Track 32**

可以帮你点餐了吗?

Can I take your order now?

Waiter: Can I take your order now?

David: Yes. I'd like to have Steak and Fried Shrimp.

Waiter: How would you like your steak?

David: Well done, please.

服务生：可以帮你点餐了吗?

大卫：嗯，请给我一份牛排炸虾餐。

服务生：请问牛排要几分熟?

大卫：全熟。

　　在餐厅点餐的时候，服务生通常用比较正式的说法，问你是否要点餐了。除了 "Can I take your order now?" 之外，有时候也会说 "Would you like to order now?" （您要点餐了吗? ），或 "Are you ready to order now?" （您准备好要点餐了吗? ）。如果还没决定好要点什么，可以跟服务生说 "Can I have one more minute?" （可以再给我一点时间吗？），请服务生给你多一点时间考虑。"minute"是"分钟"的意思，但这里的"one more minute"则是指多一点时间。而服务生或许说"Tell me whenever you are ready."（要点的时候再告诉我）。

牛排（steak）是美国餐厅一道很重要的餐点。通常点牛排的时候，服务生会问"How do you like your steak?"，中文是说"请问牛排要几分熟"。美国牛排的熟度大致上分三等级："rare"（生）、"medium"（五分熟）及"well done"（全熟）。

相关例句 / Learn More

▶ What do you suggest?
你有什么推荐的?

▶ I want to have something different.
我想吃些不一样的。

▶ What are your house specialties?
你们的招牌菜是什么?

▶ This is my favorite dish.
这是我最喜欢的一道菜。

▶ Is it spicy?
会辣吗?

▶ I don't eat beef.
我不吃牛肉。

▶ I'm not hungry.
我不饿。

▶ I'm starving.
我饿死了。

▶ I'm a vegetarian.
我吃素。

  **Track 33**

我要两个芝士汉堡
Two cheese burgers, please.

Waiter: Hi, can I help you?
Lydia: Two cheese burgers and one large coke, please.
Waiter: OK, anything else?

服务生：你好，请问要点什么？
莉迪亚：两个芝士汉堡和一杯大杯可乐。
服务生：好，请问还要什么吗？

　　这里的例句情况是在快餐店柜台点餐。大部分的店员会先用"Hi"和"Hello"来打招呼，再以"Can I help you?"作为开头，问客人要点什么。"Can I help you?"是一般服务人员的开头用语，字面意思是"我可以帮你忙吗"，如果是在快餐店点餐的情况下，则相当于"请问要点什么"。另外，电话总机也会使用这句来当招呼语。

点餐的客人如果准备好了，可用 "Yes" 响应，也可以不响应，然后直接说出要点的食物。因为快餐店点餐不需要太正式的说法，一般用 "份数 + 大小 + 食物名称 + please" 来回答，所以例句中的 "两份芝士汉堡和一杯大杯可乐" 就说成 "Two cheese burgers and one large coke, please."，句尾加上 "please" 比较客气，也可省略。

点餐时，食物的单复数需注意。因为例句中莉迪亚说的是两份芝士汉堡，所以 "burger" 要变成 "burgers"。其它较完整正式的说法还有 "Can I have + 份数 + 大小 + 食物名称 + please?"，例如 "Can I have one large orange juice?"（请给我一杯大杯的柳橙汁）。"Can I…"（我可以…吗？）虽然在句型上是问句形式，但英文却常在点餐的情境下使用，中文没有等同的用法，只能大概理解成比较礼貌的说法 "请给我…"。

相关例句 / Learn More

▶ That's all.
就这样。

▶ That's fifteen dollars.
总共十五元。

▶ Can you put them in two bags?
可不可以分两个袋子装？

▶ Here you are.
这是您点的餐。

 葱宝的美食探险  Track 34

请问要喝点什么吗?

Can I get you something to drink?

Waiter: Can I get you something to drink?

Cindy: What do you have?

Waiter: We have Lemonade, Ice Tea, Coke and Sprite.

Cindy: Ice Tea, please.

服务生：请问要喝点什么吗?

辛迪：你们有什么?

服务生：我们有柠檬水、冰红茶、可
乐和雪碧。

辛迪：请给我冰红茶。

在北美某些正式的餐厅，未点主菜
(main course)前，有时候会请你先点
饮料，等饮料送来后再请你慢慢看菜单
(menu)，然后正式点餐。要请你点饮料
时，通常会说"Can I get you something to
drink?"（请问要喝点什么吗?），有时候也

会简单地说"Anything to drink?"（要喝些什么吗？）。

心中还没有主意时可以反问服务生"What do you have?"（你们有什么？），如果心里有想喝的饮料不知道餐厅有没有，则用"Do you have + 饮料名?"的句型，例如"Do you have ginger ale?"（你们有没有姜汁汽水？）。如果想知道果汁的口味，可以问"What juice do you have?"（你们有什么果汁？）。

饮料的英文可以说"drinks"或"beverages"，这里介绍常见的几种：tea（茶）、coffee（咖啡）、Coke（可口可乐）、Pepsi（百事可乐）、Diet Coke（健怡可乐）、Sprite（雪碧）、7-Up（七喜）、和ginger ale（姜汁汽水）。另外，美国有一个很有名的饮料牌子叫"Snapple"，台湾翻译为"思拿多"，它有多种口味的茶和果汁，包括Ice Tea（冰红茶）、Raspberry Ice Tea（覆盆子冰红茶）、Lemonade（柠檬水）、Pink Lemonade（粉红柠檬水）、Fruit Punch（综合果计）和Fruit Tea（水果茶）。

相关例句 / Learn More

▶ Here are your menus.
这是你们的菜单。

▶ May I have the menu, please?
请给我菜单。

▶ Can you give me a cup of hot water?
请给我一杯热开水。

▶ Without ice cubes, please.
请不要加冰块。

▶ One hot coffee with cream, please.
一杯热咖啡加奶精。

 葱宝的美食探险  Track 35

我也要一样的
I'll have the same.

Waiter: Are you ready to order?

Roger: Yes. Can I have a Grilled Chicken Salad and a Clam Chowder, please?

Jane: I'll have the same.

Waiter: What salad dressing do you like?

服务生：要点餐了吗？

罗杰：好，请给我炭烤鸡肉沙拉和蛤蜊巧达浓汤。

珍：我也要一样的。

服务生：要什么沙拉酱？

除了点饮料和正餐，西餐里的沙拉和汤也占有很重要的地位。西餐中的沙拉分量通常都不小，还可以当作正餐吃。西餐沙拉种类繁多，有几种比较有名，有"Chicken Salad"（鸡肉沙拉）、"Garden Salad"（田园沙拉）和"Caesar Salad"（凯撒沙拉）。例句中是

"Grilled Chicken Salad"（炭烤鸡肉沙拉）是鸡肉沙拉的一种，只是鸡的烹调方式略有不同。"grill"是"烤"或"炭烤"，是西餐中常见的烹调方式。

点完沙拉后，服务生会询问你要什么样的沙拉酱（salad dressing）。沙拉酱的种类也是一门学问。这里列出几种："Honey Mustard"（蜂蜜芥末酱）、"Caesar"（凯撒酱）、"Thousand Island"（千岛酱）、"Italian"（意大利酱）和"Oil and Vinegar"（油醋）。

这里也介绍一些汤的种类。"今日例汤"的英文是"soup of the day"，其它还有"onion soup"（洋葱汤）、"potato soup"（马铃薯汤）和"vegetable soup"（蔬菜汤）。最后，美式餐点里有一种很有名的浓汤，"clam"是"蛤蜊"的意思，"chowder"就是指这类的浓汤。

点菜的时候如果要说"我也要一样的"，该怎么说呢？英文说成"I'll have the same."或"The same for me."。若是要帮别人点菜则用"食物名＋for＋人名或代词"，例如要替同座的女生点一道凯撒沙拉，则应该说"Caesar salad for the lady."（请给她凯撒沙拉）。

相关例句 / Learn More

▶ What is your soup of
  the day?
  今日例汤是什么汤？
▶ Make it two.
  来两份。

 **Track 36**

我马上来

I'll be right with you.

David: Excuse me. No one is taking our order.

Waiter: I'm sorry. I'll be right with you.

大卫：不好意思，没有人帮我们点餐。

服务生：很抱歉，我马上来。

在餐厅点餐或用餐的时候，如果需要服务生的服务或帮忙，可以用"Excurse me."作为开头，引起注意，有时候也可以直接叫"先生"或"小姐"，除了用"Mr"和"Miss"外，也可以用"waiter"（男服务生）和"waitress"（女服务生）。

如果是没人来点餐，有几种表达法，可以说"No one is taking our order."（没有人帮我们点餐）或"I'm ready to order."（我要点餐了）。另外，也可以说"I'm not helped here."（没有人为我服务）。如果情况是要作一些请求，则可以用"Can I…"或"Can you…"的句型，或更礼貌的"May I…"或"Will you…"。例如下列的一些情况："Can I have one more plate?"（可以多给我一个盘子吗？），"Can you give me a fork?"（可不可以给我一只叉子？），"May I have my menu, please?"（可以给我菜单吗？），"Will you take my order?"（帮我点菜好吗？）等等。

吃饭时间，餐厅的服务生会很忙碌。如果不能马上为你服务时，他们通常会说"I'll be right with you."或"I'll be right back."，两句都是"我马上回来"的意思。也可以用简单的说法"Be right away with you."或"With you in a minute."，甚至更简短的"Right away."或"In a minute."，这些都是"马上来"的意思。

相关例句 / Learn More

▶ Have you been helped?
有人为您服务吗？

▶ Did you place your order yet?
你们点餐了吗？

▶ We don't even have a menu.
我们连菜单都没有。

▶ We would like to have some dessert.
我们想点甜点。

▶ Can I have the dessert menu?
可以给我甜点的菜单吗？

▶ We are finished.
我们吃完了。

▶ Please take the plates away.
请把盘子收走。

葱宝的美食探险  **Track 37**

可不可以 把胡椒递给我?

Will you pass me the pepper?

Jane: Will you pass me the pepper?
David: Sure. Here it is.
Jane: Thank you.

珍: 可不可以把胡椒递给我?
大卫: 在这里。
珍: 谢谢。

　　西餐用餐的时候,有时候会需要调味料(seasoning),替菜肴加味。如果拿不到桌上的调味料时,可以请别人递过来,这时候会说"Will you pass me the+调味料名?"或"Can you pass me the+调味料名?",中文都是"可不可以把…递给我"。如果桌上并未提供,也可以请服务生供应,可以用"Will you give me the+调味料名？"的句型，例如"Will you give me the ketchup?"（可不可以给我番茄酱？）

因为"Will you…"和"Can you…"开头的句子是问句式的请求。所以对方有时会以"Sure."（当然）或"Certainly."（当然）来回答，但有时候则直接做对方要求的动作，例如递上胡椒或拿番茄酱。应对方的要求递东西或拿东西过来时，通常会用"Here it is."，表示东西在这里，请对方拿去。

相关例句 / Learn More

▶ How does it taste?

口味怎样？

▶ It smells good.

好香喔。

▶ It's delicious.

很好吃。

▶ The soup is too salty.

汤太咸了。

▶ Enjoy your meals.

用餐愉快。

▶ Is everything OK?

一切都好吗？

▶ We want to share the dishes.

我们要一起分着吃

 葱宝的美食探险

 Track 38

我要买单

May I have my check, please?

David: May I have my check, please?
Counter: Sure. I'll be right back.
Counter: Here it is. It's $25.00.
David: Do you take credit cards?

大卫：我要买单。
柜台：好，请等一下。
柜台：这是您的账单，一共是二十五元。
大卫：可以用信用卡吗？

　　吃完后要买单了，一般会向服务生说，
"May I have my check, please?"表示要买单
了。简单非正式一点可以说"Check, please."
就像中文直接说"买单"一样。另外也可以说
"Can you bring me the check, please?"（请
给我账单），作用是相同的。这时候服务生通常
会回答"Sure. I'll be right back."（好，我马上

回来），也就是中文的"请等一下"，然后服务生会拿账单回来让你过目。

服务生拿回账单时，有时候会说"Here it is."，直译是"账单在这里"，相当于中文说"这是您的账单"，之后会告知应付的数目总额。和台湾不同，美国餐厅的账单通常都不包含服务费（service charge），所以一定还要额外给小费（tips）。在美国，吃饭用餐给小费已经是一种不成文的规定，而一般是给付帐总额的10%~15%当小费。

付款时一般有三种方式：付现（pay in cash）、信用卡（credit card）、旅行支票（traveler's check）。如果不确定可不可以用信用卡或旅行支票，可以事先询问服务生"Do you take credit cards?"（可以用信用卡吗？）或"Do you take traveler's checks?"（可以用旅行支票吗？）。

相关例句 / Learn More

▶ Can you bring me the bill?
请给我账单。

▶ Should I pay in cash?
一定要付现吗？

▶ Keep the change.
不用找了。

Unit **2.** 单词哈烧包
Vocabulary

单词 1

关于葱宝的里里外外

n.	Noun	名词
pron.	Pronoun	代词
v.	Verb	动词
conj.	Conjunction	连词
adj. or a.	Adjective	形容词
u.	Uncountable Noun	不可数名词
c.	Countable Noun	可数名词
vi	Intransitive Verb	不及物动词
vt	Transitive Verb	及物动词
abbr	Abbreviation	缩写
ph	Phrase	短语

身体部位篇
Parts of Body

ankle [ˈæŋkl] 脚踝 *n.* [C]
- ▶ My **ankles** have swollen. 我的脚踝肿起来了。

beard [biəd] 胡子 *n.* [C]
- ▶ He has decided to grow a **beard** and a moustache. 他决定要留胡子。

brain [brein] 头脑 *n.*
- ▶ Dr. Chen has invented a device to measure **brain** activity during sleep.
  陈博士发明一套侦测睡眠脑部活动的仪器。

chin [tʃin] 下巴 *n.*
- ▶ She rested her **chin** on her hand. 她的手撑着下巴。

ear [iə] 耳朵 *n.*
- ▶ She whispered something in his **ear**. 她在他的耳边窃窃私语。

eyebrow [ˈaibrau] 眉毛 *n.* [C]
- ▶ **Eyebrows** were raised when he arrived without his wife.
  当他太太没有和他一起出现时，他皱起了眉头。

hair [hɛə] 头发 *n.*
- ▶ I'm having my **hair** cut this afternoon. 今天下午我要去剪头发。

knee [niː] 膝盖 *n.* [C]
- ▶ He went down on one **knee** and asked her to marry him. 他半跪着向她求婚。

lip [lip] 嘴唇 *n.*
- ▶ She kissed him on the **lips**. 她亲吻他的嘴唇。

mouth [mauθ] 嘴巴 *n.* [C]
- ▶ Don't talk with your **mouth** full. 嘴巴有食物时不要讲话。

nail [neil] 指甲 *n.* [C]
▶ Stop biting your **nails**! 不要咬指甲!

neck [nek] 脖子 *n.*
▶ He broke his **neck** in the fall. 他跌倒时摔断了脖子。

nose [nəuz] 鼻子 *n.*
▶ She wrinkled her **nose** in disgust. 她皱起了鼻子表示厌恶。

shoulder ['ʃəuldə] 肩膀 *n.*
▶ He carried the child on his **shoulder**. 他把小孩放在肩上扛着。

skin [skin] 皮肤 *n.*
▶ I can only use the cosmetics particularly for sensitive **skins**.
我只能使用敏感肌肤专用的化妆品。

stomach ['stʌmək] 胃 *n.*
▶ Pictures of the burnt corpses turned my **stomach** upside down. 焦黑尸体的照片令我反胃。

throat [θrəut] 喉咙 *n.* [C]
▶ He held the knife to her **throat**. 他把刀刺向她的喉咙。

thumb [θʌm] 拇指 *n.*
▶ She hurt her **thumb** while closing the door. 她关门时伤到了拇指。

tongue [tʌŋ] 舌头 *n.*
▶ It's very rude to stick your **tongue** out at people. 在人前吐舌头是非常不礼貌的。

tummy ['tʌmi] 肚子（童语指胃） *n.*
▶ Mum, my **tummy** hurts. 妈咪，我的肚子痛。

waist [weist] 腰部 *n.* [C]
▶ He put his arm around her **waist**. 他伸手揽着她的腰。

wrist [rist] 手腕 *n.*
▶ He wore a copper bracelet on his **wrist**. 他在手腕上戴着一条铜手链。

个性篇
Personal Characteristics

clever ['klevə] 灵巧的 *adj.*
► she is **clever** at making handicraft.　她制作手工艺品非常灵巧。

confident ['kɔnfidənt] 具有信心的 *adj.*
► I feel **confident** that I will succeed.　我对于我的成功感到非常有信心。

cool [ku:l] 冷静的 *adj.*
► He kept **cool** during the debate.　他在辩论中保持冷静。

diligent ['dilidʒənt] 勤勉的，用功的 *adj.*
► Steven is a **diligent** student.　史帝芬是一个用功的学生。

friendly ['frendli] 友善的 *adj.*
► Everyone was very **friendly** toward me.　每一个人对我都非常友善。

hard-working [ˌhɑ:d'wə:kiŋ] 努力工作的 *adj.*
► Both my parents are **hard-working** staffs.　我的父母都是努力工作的员工。

honest ['ɔnist] 诚实的 *adj.*
► Thank you for being so **honest** with me.　谢谢你对我这么诚实。

humble ['hʌmbl] 谦卑的 *adj.*
► Be **humble** enough to learn from your mistakes.　以谦卑的态度从错误中学习。

humorous ['hju:mərəs] 幽默的 *adj.*
► She had not intended to be **humorous**.　她并不想要成为幽默的人。

lazy ['leizi] 懒散的 *adj.*
> ► I was feeling too **lazy** to go out.　我很懒得出门。

naughty ['nɔːti] 调皮捣蛋的 *adj.*
> ► Parents ought to be stricter with their **naughty** kids.　父母应该对他们调皮的小孩严厉一些。

polite [pə'lait] 礼貌的 *adj.*
> ► Please be **polite** to our guests.　对待我们的客人要有礼貌。

selfish ['selfiʃ] 自私的 *adj.*
> ► It was **selfish** of him to leave all the work to you.　他真自私，把所有的工作都留给你做。

talkative ['tɔːkətiv] 爱说话的 *adj.*
> ► He's not **talkative**. Expect on the subject of his garden.
> 除非谈论话题是关于他的花园，不然他其实不爱说话。

外表篇
Appearances

beautiful ['bju:təful] 漂亮的 *adj.*
▶ She has a beautiful face.　她的脸蛋很漂亮。

cute [kju:t] 漂亮的，可爱的 *adj.*
▶ What an unbearably **cute** little baby he is！　他真是一个可爱至极的小宝宝！

fat [fæt] 肥胖 *adj.*
▶ You'll get **fat** if you eat so much chocolate.　你如果吃这么多巧克力，你就会变胖。

handsome ['hænsəm] 英俊的 *adj.*
▶ He's the most handsome man I've ever met.　他是我所遇过最帅的男人。

skinny ['skini] 皮包骨的，极瘦的 *adj.*
▶ She has **skinny** arms and legs.　她的手臂和腿都是皮包骨。

slender ['slendə] 苗条的，纤细的 *adj.*
▶ She's got a beautiful **slender** figure.　她的身材很好，非常苗条修长。

情绪感受篇
Emotions and Feelings

amused [əˈmjuːzd] 愉快的 *adj.*
> ▶ I feel **amused** while watching this movie. 看这部电影让我很开怀。

angry [ˈæŋgri] 生气的 *adj.*
> ▶ She got **angry** at my response. 她对我的反应而生气。

disappointed [ˌdisəˈpɔintid] 失望的 *adj.*
> ▶ We are so **disappointed** that our team didn't win tonight.
> 我们因为球队今晚没赢球而失望极了。

depressed [diˈprest] 沮丧的 *adj.*
> ▶ She was **depressed** to learn that she's fired out. 她得知自己被开除后非常沮丧。

guilty [ˈgilti] 内疚的 *adj.*
> ▶ I feel **guilty** after lying to my father. 跟爸爸撒谎让我感到很内疚。

happy [ˈhæpi] 高兴的，满意的 *adj.*
> ▶ He won't be **happy** with the proposition. 他对这项提议不会感到满意。

lonely [ˈləunli] 孤单的 *adj.*
> ▶ We don't always enjoy the feeling of being **lonely** at home.
> 我们不是每次都喜欢独自一人在家的感觉。

mad [mæd] 疯狂的，生气的 *adj.*
> ▶ Please don't be mad at me. 请不要对我发脾气。

nervous [ˈnəːvəs] 紧张的 *adj.*
> ▶ Kids are very nervous about the exam tomorrow. 孩子们对明天的考试感到非常紧张。

pleased [pliːzd] 高兴的 *adj.*

▶ I'm very pleased to hear that you are getting better.　你已经慢慢在复原了，我非常高兴。

released [ri'liːs] 放松的 *adj.*

▶ We are finally released after the whole day work.　工作一整天后我们终于能放松了。

sad [sæd] 悲伤的 *adj.*

▶ We broke up a year ago, but I still feel sad now.
我们一年前就分手了，不过到现在我还是很伤心。

satisfied ['sætisfaid] 感到满意的 *adj.*

▶ Wong's family is satisfied with their new house.　王家的人对新房子都很满意。

scared [skɛəd] 害怕的，恐惧的 *adj.*

▶ She would be scared to sleep alone in this big apartment.
她很害怕单独睡在这么大的公寓。

upset [ʌp'set] 难过的，不开心的 *adj.*

▶ Bad weather starts to make Kerry upset.　坏天气开始使凯莉不开心。

worried ['wʌrid] 担心的 *adj.*

▶ We are all concerned and worried about her illness.　我们都很挂念且担心她的病情。

单词**2**

葱宝哈啦打屁

n.	Noun	名词
pron.	Pronoun	代词
v.	Verb	动词
conj.	Conjunction	连词
adj. or a.	Adjective	形容词
u.	Uncountable Noun	不可数名词
c.	Countable Noun	可数名词
vi	Intransitive Verb	不及物动词
vt	Transitive Verb	及物动词
abbr	Abbreviation	缩写
ph	Phrase	短语

假日和节庆篇
Holidays and Festivals

celebrate [ˈselibreit] 庆祝 *vt.*
> They took a cruise to **celebrate** their 50th wedding anniversary.
> 他们搭乘邮轮旅行来庆祝结婚50周年。

Chinese New Year [ˈtʃaiˈniːzˈnjuːˈjəː] 农历新年 *n.*
> **Chinese New Year** is the most important festival for Chinese.
> 农历新年对中国人而言是最重要的节日。

Christmas [ˈkrisməs] 圣诞节 *n.*
> People send each other cards and gifts at **Christmas**.
> 大家在圣诞节互送卡片以及礼物。

culture [ˈkʌltʃə] 文化 *n.*
> Children should be taught to respect different **cultures**.
> 孩子应该被教导要尊重不同的文化。

custom [ˈkʌstəm] 习俗 *n.*
> We have many traditional **customs** at wedding ceremony.
> 我们在婚礼上有许多传统的习俗。

Dragon Boat Festival [ˈdrægənˌbəutˈfestəvəl] 端午节 *n.*
> The dragon boat race was held on **Dragon Boat Festival**.
> 龙舟竞赛在端午节举行。

Easter [ˈiːstə] 复活节 *n.*
> **Easter** is very important to Christians.
> 复活节是基督徒的重要节日。

Halloween ['hæləu'i:n] 万圣节 *n.*

▶ Lots of people like to have a dressed-up party on **Halloween**.
很多人喜欢在万圣节举办化妆舞会。

Lantern Festival ['læntən,festəvəl] 元宵节 *n*

▶ Most children went out for carrying lanterns with their parents at night on **Lantern Festival**.
大部分的小孩在元宵节晚上都会和父母出外提灯笼。

Mid-Autumn Festival [mid'ɔ:təm'festəvəl] 中秋节 *n.*

▶ We ate moon cake on **Mid-Autumn Festival.**
我们在中秋节吃月饼。

Thanksgiving ['θæŋks'giviŋ] 感恩节 *n.*

▶ My family has reunion on **Thanksgiving** every year.
我们家在每年的感恩节都会团聚。

Valentine's Day ['væləntains'dei] 情人节 *n.*

▶ If you are popular, you'll receive lots of gifts on **Valentine's Day**.
如果你很受欢迎，你会在情人节收到很多礼物。

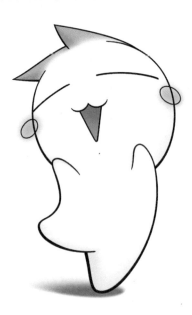

职业篇
Occupations

actor ['æktə] 演员 *n.* [C]
▶ He is the best **actor** I've ever seen.　他是我所见过最好的演员。

artist ['ɑ:tist] 艺术家 *n.*
▶ John is a talented **artist**.　约翰是一个有天分的艺术家。

cook [kuk] 厨师 *n.*
▶ A good **cook** always knows how to satisfy people.
一位好厨师总是知道如何满足他的顾客。

dentist ['dentist] 牙医 *n.*
▶ I hate to see my **dentist**!　我讨厌看牙医。

doctor ['dɔktə] 医生 *n.* [C]
▶ Her dream is to marry with a **doctor**.　她的梦想是嫁给医生。

driver ['draivə] 司机 *n.* [C]
▶ She has a private **driver**.　她有个人专属的司机。

engineer [ˌendʒi'niə] 工程师 *n.* [C]
▶ You have to study a lot to become an **engineer**.　你必须博览群书才能当工程师。

farmer ['fɑ:mə] 农夫 *n.*
▶ He wants to open a farm, and becomes a happy **farmer**.
他希望开一座农场，然后当一个快乐的农夫。

fisherman ['fiʃəmən] 渔夫 *n.*
▶ He cannot become a **fisherman** because he has seasickness.　他会晕船，所以不能当渔夫。

guide [gaid] 导游 *n.*
▶ We need a **guide** while we are in America. 我们在美国时需要一位导游。

housewife ['hauswaif] 家庭主妇 *n.*
> ▶ Most married women are **housewives**.　多数结婚过的妇女是家庭主妇。

journalist ['dʒəːnəlist] 记者 *n.* [C]
> ▶ A good **journalist** must report the news honestly.　一个好的记者必须据实报导新闻。

judge [dʒʌdʒ] 法官 *n.* [C]
> ▶ The **judge** always represents laws in the court.　法官在法庭上代表法律。

lawyer ['lɔːjə] 律师 *n.* [C]
> ▶ **Lawyers** usually have pretty high salaries.　律师通常有很高的待遇。

mailman ['meilmæn] 邮差 *n.*
> ▶ If there is no **mailman**, we cannot receive our mails anymore.
> 如果没有邮差，我们就无法收信。

manager ['mænidʒə] 经理 *n.* [C]
> ▶ Where is your **manager**? I want to complain about you.　你的经理呢？我要投诉你。

model ['mɔdl] 模特儿 *n.* [C]
> ▶ His girlfriend is a **model** in Taiwan.　他的女朋友是台湾的模特儿。

movie star ['muːviˌstaː] 电影明星 *n.*
> ▶ Most teenagers dream about being a **movie star**.　很多青少年梦想成为电影明星。

musician [mjuːˈzɪʃən] 音乐家 *n.*
> ▶ A **musician** comes from lots of practices.　经过大量的练习才能成为音乐家。

nurse [nəːs] 护士 *n.* [C]
> ▶ She is a **nurse** for ward duty.　她是病房内执勤的护士。

owner ['əunə] 物主 *n.*
> ▶ Jack is the **owner** of this house.　杰克是这栋房子的主人。

painter ['peintə] 画家 *n.* [C]
> ▶ A **painter** can make our life more beautiful.　画家能让我们的生活变得更美。

photographer [fə'tɔɡrəfə] 摄影师 *n.*

▶ You have to get a skillful **photographer** for your wedding.
你必须找一位技术好的摄影师来纪录你的婚礼。

police officer [pə'liːs'ɔfisə] 警察 *n.* [C]

▶ My dad is a brave **police officer**. 我爸爸是一位勇敢的警察。

president ['prezidənt] 总统 *n.* [C]

▶ A **president** is the leader of a country. 总统是国家的领导者。

priest [priːst] 神父 *n.* [C]

▶ **Priests** give us the words from God. 神父告诉我们神所说的话。

salesman ['seilzmən] 推销员 *n.* [C]

▶ The best **salesman** has to talk all the time. 最好的推销员必须一直说话。

waiter ['weitə] 服务生 *n.* [C]

▶ **Waiter**, I need some water please! 服务生！麻烦给我一些水！

writer ['raitə] 作家 *n.* [C]

▶ Since there is Internet, everyone can be a **writer**! 有了网络，每个人都能成为作家。

嗜好篇
Hobbies

sports [spɔːts] 运动 *adj.*
▶ He spends too much time in **sports** and play. 他花太多时间在运动和玩乐上。

badminton [ˈbædmintən] 羽毛球 *n.*
▶ He is an excellent **badminton** player. 他是一位非常优秀的羽毛球选手。

baseball [ˈbeisbɔːl] 棒球 *n.*
▶ Taiwan was known as a youth **baseball** country. 台湾的少年棒球相当有名。

basketball [ˈbɑːskitbɔːl] 篮球 *n.*
▶ The boys played **basketball** on the **basketball** court. 男生在篮球场上打篮球。

dodge ball [ˈdɔdʒˈbɔːl] 躲避球 *n.*
▶ He dodged the ball while playing **dodge ball**. 他玩躲避球时躲开了球。

golf [gɔlf] 高尔夫球 *n.*
▶ He enjoyed a round of **golf** on Sunday morning. 他很喜欢在星期天早上打一场高尔夫球。

soccer [ˈsɔkə] 足球 *n.* [u]
▶ I think **soccer** is an exciting sport. 我认为足球是一项很刺激的运动。

tennis [ˈtenis] 网球 *n.*
▶ I practice **tennis** with my partner every night. 我每天晚上都和我的朋友打网球。

volleyball [ˈvɔlibɔːl] 排球 *n.*
▶ Most young men enjoy playing **volleyball** on the beach. 大部分的年轻人喜欢在沙滩上玩排球。

camping [ˈkæmpiŋ] 露营 *n.*
▶ We decided to go to a campground for **camping**. 我们决定到露营区露营。

climbing [ˈklaimiŋ] 登山 *n.*
► He likes to go **climbing** most weekends.　大部分的周末他都选择去爬山。

computer game [kəmˈpjuːtəˈgeim] 计算机游戏 *n.*
► You can play a **computer** game with people you never met.
你可以和完全陌生的人一起玩电脑游戏。

dancing [ˈdɑːnsiŋ] 跳舞 *n.*
► There is **dancing** and music till midnight in this pub.
这间酒吧到午夜前都充斥着音乐和热舞。

drawing [ˈdrɔːiŋ] 绘画 *n.*
► She has a talent for **drawing**.　她有绘画天分。

fishing [ˈfiʃiŋ] 钓鱼 *n.*
► We enjoyed a day's **fishing** by the river.　我们在河边享受一整天钓鱼的乐趣。

hiking [haikiŋ] 徒步旅行，远足 *n.*
► We went **hiking** in the country last weekend.　我们上周末到乡间远足。

jogging [ˈdʒɔgiŋ] 慢跑 *n.*
► **Jogging** is a form of exercise to run slowly and steadily.
慢跑是一种跑得慢但是速度稳定的运动方式。

movie [ˈmuːvi] 电影 *n.* [C]
► "The Sixth Sense" is one of my favorite **movies.**　"灵异第六感"是我最喜欢的电影之一。

music [ˈmjuːzik] 音乐 *n.* [U]
► A bit of **music** will cheer me up.　听一些音乐会使我感到愉快。

piano [piˈɑːnəu] 钢琴 *n.*
► Maggie is good at **playing** jazz on the piano.　麦琪擅长演奏爵士钢琴。

picnic [ˈpiknik] 野餐 *n.*
► Let's enjoy our **picnic** by the river.　我们在河边野餐吧。

shopping [ˈʃɔpiŋ] 购物 *n.* [U]
▶ I usually do my **shopping** on Sundays.　我通常在星期天购物。

singing [ˈsiŋiŋ] 歌唱 *n.*
▶ She has a beautiful **singing** voice.　她拥有优美的歌声。

skiing [ˈʃiːiŋ] 滑雪 *n.* [U]
▶ Cross-country **skiing** is the ultimate skiing.　越野滑雪是极限滑雪运动。

surfing [ˈsəːfiŋ] 冲浪 *n.*
▶ A lot of people would like to go to Hawaii for **surfing**.　很多人喜欢到夏威夷冲浪。

swimming [ˈswimiŋ] 游泳 *n.*
▶ **Swimming** is good for your health.　游泳对身体健康很有帮助。

traveling [ˈtrævliŋ] 旅行 *adj.*
▶ I love **traveling** by train.　我喜欢搭乘火车旅行。

健康篇
Health

cancer [ˈkænsə] 癌症 *n.*
▶ Most skin **cancers** are completely curable. 大部份的皮肤癌都可以完全治愈。

cold [kəuld] 感冒 *n.*
▶ I've got a **cold**. 我感冒了。

cough [kɔːf] 咳嗽 *n.*
▶ My cold's better, but I can't seem to stop this **cough**. 我的感冒好多了，但还是一直咳嗽。

dizzy [ˈdizi] 晕眩 *adj.*
▶ It's so hot that makes me feel **dizzy**. 天气热到令我感到晕眩。

fever [ˈfiːvə] 发烧 *n.*
▶ Aspirin should help to reduce the **fever**. 阿司匹林可以帮助退烧。

flu [fluː] 流行性感冒 *n.*
▶ I'm in bed with the **flu**. 我因流行性感冒而躺在床上。

headache [ˈhedeik] 头痛 *n.* [ɔ]
▶ I have a spinning **headache**. 我头痛欲裂。

healthy [ˈhelθi] 健康的 *adj.*
▶ Smoking is not a **healthy** habit. 抽烟有害健康。

ill [il] 疾病 *adj.*
▶ My grandfather is seriously **ill** in the hospital. 我的祖父在医院里病得很重。

life [laif] 生命 *n.*
▶ The firefighter risked his **life** to save me from the fire.
消防队员冒着生命危险将我从火窟中救出。

medicine ['medsin] 药物 *n.*
> ► Laughter is the best **medicine**.   欢笑是最好的良药。

pain [pein] 疼痛 *n.*
> ► He felt a sharp **pain** in his back.   他感到背部一阵剧痛。

pale [peil] 苍白 *adj.*
> ► You look **pale**. Are you OK?   你看起来脸色好苍白，你还好吧?

recover [ri'kʌvə] 复原 *vt.*
> ► She has **recovered** her health.   她已经恢复了健康。

running nose ['rʌniŋ'nauz] 流鼻水 *n.*
> ► Excuse me, can you give me a tissue? I've a **running nose.**
> 不好意思，可以给我一张卫生纸吗? 我在流鼻涕。

sick [sik] 生病 *adj.*
> ► My father can't afford to get **sick**.   我爸爸禁不起生病。

sore throat ['sɔ,θraut] 喉咙痛 *n.* [C]
> ► I can't eat because of **sore throat.**   因为喉咙痛我不能进食。

stomachache ['stʌməkeik] 胃痛 *n.*
> ► I have a stomachache because I don't eat regularly.
> 我有胃痛的毛病，因为我吃东西不定时定量。

tired ['taiəd] 疲劳 *adj.*
> ► I was **tired** after working in the garden all day.   在花园工作一整天之后，我感到很疲劳。

toothache ['tu:θeik] 牙痛 *n.*
> ► I got to see a dentist because
> I've got a **toothache**.   我必须去看牙医，因为我的牙痛。

weak [wi:k] 虚弱 *adj.*
> ► She is still **weak** after the operation.   手术后的她仍感到虚弱。

地理名称篇
Geographical Terms

bank [bæŋk] 堤岸 *n.* [C]
► He jumped in and swam to the opposite **bank** of the river.　他跳进河里并游到对岸。

beach [biːtʃ] 海滩 *n.* [C]
► Don't get too much sunbathing on the **beach**, or you'll get sunburn.
不要在沙滩上做太久的日光浴，否则会晒伤。

desert ['dezəːt] 沙漠 *n.*
► The cactuses grow in the **desert** region.　仙人掌长在沙漠地区。

environment [in'vaiərəmənt] 环境 *n.*
► To preserve our **environment** is presumed the most important issue.
保护环境被认为是最重要的议题。

forest ['fɔrist] 森林 *n.*
► It's dangerous to stay in a tropical **forest** alone.　独自前往热带森林是很危险的。

hill [hil] 山丘 *n.*
► Always be more careful when driving down **hills**.　开车下坡时请务必格外小心。

island ['ailənd] 海岛 *n.* [C]
► We spent a week on a small **island** off Taiwan.　我们在台湾的一处外岛待上一个星期。

lake [leik] 湖泊 *n.* [C]
► The scenery at **Lake** Louise looks like a picture in the real life.
路易斯湖的景色看起来像一幅在现实生活中的画。

mountain ['mauntin] 山岳 *n.* [C]
► We enjoy walking in the **mountains**.　我们享受漫步于群山中的乐趣。

ocean [ˈəuʃən] 海洋 *n.*
► Our beach house is just a few miles from the **ocean**.　我们的海滩别墅距离海洋只有几里。

plain [plein] 平原 *adj.*
► The Great **Plains** is located in the United Stated of America.　北美大草原在美国境内。

pond [pɔnd] 池塘 *n.*
► Herds of ducks are swimming in a little **pond**.　成群的鸭子在小池塘中游泳。

pool [puːl] 水洼 *n.* [C]
► There were **pools** on the road after the heavy rain.　大雨过后，路上形成很多水洼。

river [ˈrivə] 河流 *n.* [C]
► The water in the **river** is polluted by lots of garbage.　河水被垃圾污染了。

sea [siː] 海洋 *n.*
► We see many ships sailing on the **sea**.　我们看到许多条船在海上航行。

spring [spriŋ] 泉水 *n.*
► There used to be a **spring** right here in front of this old house.　以前这栋老房屋的前面有泉水。

stream [striːm] 小河 *n.* [C]
► We rowed a small boat against the **stream**.　我们逆着小河的水流划船。

valley [ˈvæli] 山谷，溪谷 *n.* [C]
► There is a small town set in the **valley**.　山谷中有一个小镇。

waterfall [ˈwɔːtəfɔːl] 瀑布 *n.* [C]
► The **waterfall** is that the river comes pouring down off the hill.
瀑布是河流自山丘上倾泄而下造成的。

woods [wudz] 树林 *n.*
► We went for a walk in the **woods**.
我们在树林里散步。

学校篇
School

answer ['ɑːnsə] 答案 *n.*[C]
▶ Write your **answers** on the sheet provided.　把答案写在提供给你的纸上。

behave [bi'heiv] 守规矩 *vi.*
▶ Will you students just **behave**!　你们这些学生请守规矩!

campus ['kæmpəs] 校园 *n.*
▶ She lives on **campus**.　她住在校园里。

classmate ['klɑːsmeit] 同学 *n.*
▶ We are **classmates** at college.　我们是大学同学。

diary ['daiəri] 日记 *n.*[C]
▶ Do you keep **diary**?　你写日记吗?

dictionary ['dikʃənəri] 字典 *n.*
▶ You can consult a **dictionary** of famous person names.　你可以查名人姓名字典。

envelope ['enviləup] 信封 *n.* [C]
▶ He addressed the **envelope**.　他在信封上写上姓名地址。

eraser [i'reizə] 橡皮擦，黑板擦 *n.*
▶ The teacher used an **eraser** to erase the letters on the whiteboard.
老师用板擦把白板上的字擦掉。

example [ig'zɑːmpl] 例句 *n.* [C]
▶ This teacher cited many **examples** of how words are used.
老师举了许多如何应用这些字的例句。

explain [iksplein] 解释 *vt.*
▶ It was difficult to **explain** these English grammatical rules to beginners.
向初学者解释这些英文语法规则是很困难的。

fail [feil] 没有通过 *n.* [C]
▶ He **failed** his driving test.　他没有通过驾照考试。

friend [frend] 朋友 *n.* [C]
▶ He's one of my childhood **friends**.　他是我孩提时代的朋友。

geography [dʒiˈɔgrəfi] 地理学 *n.*
▶ He got a bachelor degree in **geography**.　他得到地理学学士学位。

gym [dʒim] 体育馆 *n.*
▶ The school has recently built a new **gym**.　学校最近刚盖好一座新的体育馆。

homework [ˈhəumwəːk] 家庭作业 *n.* [U]
▶ I still haven't done my English **homework**.　我还没有完成英文家庭作业。

kindergarten [ˈkindəˌgɑːtn] 幼稚园 *n.*
▶ Most students have started studying English since **kindergarten**.
多数的学生都是从幼儿园开始学习英文。

library [ˈlaibrəri] 图书馆 *n.* [C]
▶ I borrowed this novel from the public **library**.　我从公共图书馆借了这本小说。

magazine [ˌmægəˈziːn] 杂志 *n.* [C]
▶ She writes poems for a monthly **magazine**.　她替一家月刊杂志写诗

picture [ˈpiktʃə] 照片 *n.* [C]
▶ There are some **pictures** in her bedroom.　在她的房里有一些照片。

postcard [ˈpəustkɑːd] 明信片 *n.* [C]
▶ Send us a **postcard** once you arrive at France.　你一抵达法国就寄一张明信片给我们

principal [ˈprinsəpl] 校长 *adj.*
▶ The school **principal** rewarded the students on the honor roll list.
学校校长奖励在优等生名单上的学生。

problem [ˈprɔbləm] 麻烦 *n.* [C]
  ▶ My little brother is a real **problem**.　我的弟弟是一个大麻烦。

punish [ˈpʌniʃ] 处罚 *vt.*
  ▶ He was **punished** for cheating in the exam.　他因作弊而被处罚。

question [ˈkwestʃən] 问题 *n.*
  ▶ Do you know the answer to **question** 11?　你知道第11题的答案吗?

quiz [kwiz] 小考 *n.* [C]
  ▶ The teacher gave her students a **quiz** about twice a week.　老师一个星期给学生两次小考。

review [riˈvjuː] 复习 *vt.*
  ▶ We have to **review** all lessons before mid-term exam.　我们必须在期中考前复习所有的功课。

ruler [ˈruːlə] 尺 *n.* [C]
  ▶ We have to use a **ruler** to draw a straight line.　我们用尺子来画直线。

semester [siˈmestə] 学期 *n.*
  ▶ I'll transfer to another private high school next **semester**.　下学期我将转到别的私立中学。

spell [spel] 拼字 *vt.*
  ▶ How do you **spell** your last name?　你的姓怎么拼?

student [ˈstjuːdənt] 学生 *n.* [C]
  ▶ She is a 15-year-old high school **student**.　她是一位15岁的中学生。

teacher [ˈtiːtʃə] 老师 *n.*
  ▶ There is a growing need for qualified elementary school **teachers**.
    合格小学老师的需求量正在增加。

understand [ˌʌndəˈstænd] 了解 *vt.*
  ▶ I could never **understand** why she left home.　我永远无法了解她为何离家。

write [rait] 书写 *vt.*
  ▶ He **wrote** a lot of scientific fictions in his life.　他一生中写过许多科幻小说。

单词3

葱宝的
食衣住行

n.	Noun	名词
pron.	Pronoun	代词
v.	Verb	动词
conj.	Conjunction	连词
adj. or a.	Adjective	形容词
u.	Uncountable Noun	不可数名词
c.	Countable Noun	可数名词
vi	Intransitive Verb	不及物动词
vt	Transitive Verb	及物动词
abbr	Abbreviation	缩写
ph	Phrase	短语

食物篇
Food

bake [beik] 烘烤 *vt.*
▶ I'm **baking** a birthday cake for my son.　我替儿子烤了一个生日蛋糕。

bitter ['bitə] 苦味的 *adj.*
▶ The medicine tastes **bitter**.　这药是苦的。

breakfast ['brekfəst] 早餐 *n.*
▶ She doesn't eat much **breakfast**.　她早餐吃不多。

brunch [brʌntʃ] 早午餐 *n.*
▶ Usually I have **brunch** at 11:00 on Sunday morning.　我通常在星期日早上11点吃早午餐。

burn [bəːn] 烤焦 *vi.*
▶ Sorry, I **burnt** the toast.　对不起，我把吐司烤焦了。

cake [keik] 蛋糕 *n.*
▶ Have your **cake** and eat it too.　拿着你的蛋糕，把它吃了。

cheese [tʃiːz] 乳酪 *n.* [C][U]
▶ I'm fond of Swiss **Cheeses**.　我喜欢瑞士奶酪。

chocolate ['tʃɔkəlit] 巧克力 *n.*
▶ She needs a mug of hot **chocolate** now.　她现在需要一杯热巧克力。

coffee ['kɔfi] 咖啡 *n.*
▶ I know how to make good **coffee**.　我知道如何煮好咖啡。

cook [kuk] 烹调 *vt.*
▶ We **cooked** the meat in the microwave oven.　我们用微波炉做肉食。

delicious [di'liʃəs] 美味的 *adj.*
► The fried chicken is **delicious**. 这炸鸡真是美味。

dessert [di'zə:t] 甜点 *n.*
► After dinner, we'll have apple pie for **dessert**. 晚餐后，我们有苹果派当甜点。

drink [driŋk] 饮，喝酒 *vt.*
► You shouldn't **drink** and drive. 你不应该喝酒开车。

full [ful] 满的，吃饱的 *adj.*
► I can't eat any more; I'm **full** up. 我不能再吃了，我已经饱了。

hot [hɔt] 烫的 *adj.*
► Be careful. The plates are **hot**. 小心！盘子很烫！

hungry ['hʌŋgri] 饥饿 *adj.*
► Is anyone getting **hungry**? 有人饿了吗？

ice cream ['ais'krim] 冰淇淋 *n.*
► I want an **ice cream** cone. 我要一份冰淇淋甜筒。

juice [dʒu:s] 果汁 *n.*
► I'd like a glass of orange **juice**. 我要一杯柳橙汁。

lunch [lʌntʃ] 午餐 *n.*
► What shall we have for **lunch**? 我们午餐要吃什么？

meal [mi:l] 膳食 *n.* [C]
► Please don't eat between **meals**. 在两顿饭之间请不要进食。

menu ['menju:] 菜单 *n.* [C]
► Let us see what is on the **menu** today. 让我们看看菜单上有什么菜。

milk [milk] 牛奶 *n.* [U]
► Do you take **milk** in your tea? 你要在茶里加牛奶吗？

moon cake [ˈmuːnˈkeik] 月饼 *n.* [U]
▶ Chinese usually have **moon cake** on the Mid-Autumn Festival.
中国人通常都在中秋节吃月饼。

noodle [ˈnuːdl] 面条 *n.*
▶ Would you prefer rice or **noodles**? 你喜欢吃米饭还是吃面食?

order [ˈɔːdə] 点菜，订单 *n.*
▶ May I take your **order**? 你准备要点菜了吗?

pepper [ˈpepə] 胡椒 *n.*
▶ I'd like to add some **pepper** to the soup. 我喜欢在汤里洒一些胡椒。

popcorn [ˈpɔpkɔːn] 爆玉米花 *n.*
▶ There is **popcorn** with new different flavors on the market.
市场上有新的、不同口味的爆米花。

rice [rais] 稻米 *n.* [U]
▶ **Rice** is an important crop. 稻米是重要的农作物。

salad [ˈsæləd] 沙拉 *n.*
▶ All main courses come with **salad** or vegetables. 所有的主菜都配有沙拉或青菜。

salt [sɔːlt] 盐巴 *n.*
▶ **Salt** is obtained from mines or found in sea water. 盐巴取自盐矿或海水。

sandwich [ˈsænwidʒ] 三明治 *n.* [C]
▶ He ate **sandwiches** in the office for breakfast. 他在办公室吃三明治当早餐。

seafood [ˈsiːfuːd] 海鲜 *n.*
▶ This restaurant is famous for its **seafood**. 这家餐厅以美味的海鲜闻名。

snack [snæk] 点心 *n.* [C]
▶ We had a **snack** at the snack bar down the street. 我们在街上的小吃店吃一些点心。

sour [ˈsauə] 酸的、酸臭的 *adj.*
▶ These lemons taste **sour**. 这些柠檬好酸。

spaghetti [spə'geti] 意大利面 *n.*
▶ I ordered a dish of **spaghetti** with sauce for dinner.　我点了一盘意大利面当晚餐。

steak [steik] 牛排 *n.*
▶ How would you like your **steak** done?　你要几分熟的牛排?

sugar ['ʃugə] 糖 *n.*
▶ This juice contains no added **sugar**.　这果汁不含人工糖分。

supper（dinner）['sʌpə] 晚餐 *n.*
▶ We'll have an early **supper** tonight.　今晚我们会早点吃晚餐。

sweet [swiːt] 甜味的 *adj.*
▶ This wine is too **sweet** for me.　这酒对我来说太甜了。

thirsty ['θəːsti] 口渴的、渴望的 *adj.*
▶ We're hungry and **thirsty**.　我们又饿又渴。

vinegar ['vinigə] 醋 *n.* [U]
▶ She flavored the fish with sugar and **vinegar**.　她用糖和醋为鱼调味。

yucky ['jʌki] 令人作呕的 *adj.*
▶ Some passengers think that the food in planes is **yucky**.
有些乘客认为机舱里的食物很恶心。

yummy ['jʌmi] 美味的（口语）*adj.*
▶ She baked us a **yummy** cake.　她烤了一个美味的蛋糕给我们吃。

服饰配件篇
Clothing and Accessories

blouse [blauz] 短上衣 *n.* [C]
▶ She is wearing a white silk **blouse**.　她穿一件丝质白色短上衣。

coat [kəut] 外套 *n.* [C]
▶ I put on my **coat** when it's cold.　天冷时，我穿上外套。

dress [dres] 女性洋装 *n.*
▶ Few people wear evening **dresses**.　很少人穿晚礼服。

iron ['aiən] 熨烫 *vt.*
▶ I'll need to **iron** that dress before I can wear it.　我穿这件衣服之前，必须先熨一下。

jacket ['dʒækit] 夹克 *n.* [C]
▶ I have to wear a **jacket** to work.　我必须穿一件夹克去上班。

jeans [dʒi:ns] 牛仔裤 *n.*
▶ Most young people would like to be in blue **jeans**.　大部分的年轻人喜欢穿牛仔裤。

pajamas [pə'dʒɑ:məz] 睡衣 *n.*
▶ He bought a suit of **pajamas**.　他买了一套睡衣。

pants [pænts] 长裤 *n.*
▶ This pair of **pants** will fit you well.　这条长裤很适合你。

raincoat ['reinkəut] 雨衣 *n.*
▶ A **raincoat** will keep you dry in the rain.　一件雨衣可以让你在下雨时保持干爽。

shirt [ʃə:t] 衬衫 *n.* [C]
▶ This **shirt** is in blue and white.　这是一件蓝白相间的衬衫。

shoes [ʃuːz] 鞋子 *n.* [C]
  ▶ The style of this pair of **shoes** is in this year. 这双鞋的样式是今年最流行的。

shorts [ʃɔːts] 短裤 *n.*
  ▶ It's comfortable to wear **shorts** during summer. 夏天穿短裤很舒服。

skirt [skəːt] 裙子 *n.*
  ▶ The young lady is dressed in a mini **skirt**. 那年轻的小姐穿了一件迷你裙。

slippers [ˈslipəz] 室内穿的便拖鞋 *n.*
  ▶ Usually I bring a pair of my own **slippers** when seeing a friend.
  通常我拜访朋友时都会带一双自己的室内拖鞋。

sneakers [ˈsniːkəz] 运动鞋 *n.*
  ▶ We have to change our **sneakers** due to different sports.
  我们做不同的运动必须换穿不同的球鞋。

suit [sjuːt] 西装 *n.*
  ▶ The man's dress code for tonight's party is to wear **suit**. 今晚宴会男士的服装必须是西装。

sweater [ˈswetə] 毛衣 *n.*
  ▶ This **sweater** is knitted of woolen. 这件毛衣是羊毛编织而成的。

swimming suit [ˈswimiŋˌsjuːt] 泳衣 *n.*
  ▶ You have to wear **swimming suit** to go into the swimming pool. 你进入游泳池要穿泳衣。

trousers [ˈtrauzəz] 长裤 *n.*
  ▶ The flared **trousers** are out of fashion this year. 喇叭裤今年已经不流行。

uniform [ˈjuːnifɔːm] 制服 *adj.*
  ▶ The students in Taiwan have to be in **uniforms** at school. 台湾的学生在学校必须穿制服。

vest [vest] 背心 *n.* [C]
  ▶ The policeman survived because of his bulletproof **vest**.
  警察因为穿着防弹背心而没有生命危险。

wear [wiə] 穿着，戴着 *vt.*
  ▶ I'm **wearing** a pair of contact lenses. 我戴着隐形眼镜。

房屋和家具篇
Houses and Furniture

address [əˈdres] 住址 *n.*
▶ I'll give you my **address** and telephone number.
我会给你我的住址和电话号码。

apartment [əˈpɑːtmənt] 公寓 *n.* [C]
▶ She has rented an **apartment** for one year.　她租下这栋公寓一年。

balcony [ˈbælkəni] 阳台 *n.* [C]
▶ You can get out to the **balcony** from an upstairs room.　你可以从楼上房间走出去到阳台。

basement [ˈbeismənt] 地下室 *n.* [C]
▶ The **basement** in this house is decorated as a big recreation room.
这栋房子的地下室装修成一间大的娱乐室。

bathroom [ˈbɑːθruːm] 浴室 *n.* [C]
▶ Go and wash your hands in the **bathroom**.　到浴室去洗手。

bedroom [ˈbedrum] 卧室 *n.*
▶ This is a hotel with 30 **bedrooms**.　这间饭店有30间卧室。

bench [bentʃ] 长板凳 *n.* [C]
▶ Most of the park **benches** are occupied by vagrants.
公园里大部分的长板凳都被流浪汉占用。

building [ˈbildiŋ] 建筑物 *n.*
▶ "The Presidential Palace" in Taipei is a tall old historic **building**.
坐落于台北的"总统府"是一栋高耸、古老且具历史价值的建筑物。

candle [ˈkændl] 蜡烛 *n.*
▶ I was reading by the light of a **candle** last night.　昨晚我在烛光下看书。

curtain [ˈkəːtən] 窗帘 *n.* [C]
> ► You have to pull back the **curtains** to get the sunshine.　你必须拉开窗帘让阳光照进来。

decorate [ˈdekəreit] 装潢，布置 *vt.*
> ► They **decorated** the room with flowers and balloons.　他们在屋内布置了很多花和气球。

dryer [ˈdraiə] 干衣机 *n.* [C]
> ► Don't put that silk blouse in the **dryer**.　不要把这件丝质上衣放到干衣机里烘。

faucet [ˈfɔːsit] 水龙头 *n.* [C]
> ► Be sure to turn the **faucet** off after washing your hands.　洗好手后，务必要把水龙头关紧。

freezer [ˈfriːzə] 冷冻库 *n.*
> ► Please keep all the frozen food in the **freezer**.　冷冻食品要保存在冷冻库内。

garage [ˈgærɑː(d)ʒ] 车库 *n.* [C]
> ► This is a house with a built-in **garage**.　这栋房子有室内车库。

gate [geit] 出入口 *n.* [C]
> ► A crowd gathered at the factory **gate** to protest.　群众聚集在工厂的大门口前抗争。

kitchen [ˈkitʃin] 厨房 *n.*
> ► My **kitchen** is furnished with modern cabinets.　我的厨房摆设着摩登的橱柜。

microwave [ˈmaikrəuweiv] 微波炉 *n.*
> ► Reheat the soup in the **microwave**.　把汤放进微波炉加热。

refrigerator [riˈfridʒəreitə] 电冰箱 *n.*
> ► Once opened, this product should be kept in a **refrigerator**.
> 这个产品打开后必须放入冰箱中保存。

repair [riˈpɛə] 修复 *vt.*
> ► The roof should be **repaired** soon.　屋顶要赶紧修理。

shelf [ʃelf] 架子 *n.* [C]
> ► He put the books on the bottom **shelf**.　他把书放在底层的书架。

sink [siŋk] 水槽 *n.* [C]
> ► The housewife always keeps the **sink** clean.　家庭主妇总是把水槽保持得很干净。

stove [stəuv] 炉子 *n.* [C]
> ► He puts a pan of water on the **stove** and heats it.   他将一锅水放在炉子上加热。

sweep [swi:p] 打扫 *vt.*
> ► The girl helped her mother **sweep** the dirty away.   这个女孩帮妈妈清理灰尘。

toothbrush ['tu:θbrʌʃ] 牙刷 *n.*
> ► A **toothbrush** is used to brush your teeth.   牙刷是用来刷牙的。

washing machine ['wɔʃiŋmə'ʃi:n] 洗衣机 *n.*
> ► I cannot use **washing machine** without power.   没有电力，我就无法使用洗衣机。

yard [jɑ:d] 院子 *n.* [C]
> ► She planted lots of roses in the back **yard**.   她在后院种了许多玫瑰花。

交通工具篇
Transportation

airplane [ˈɛəˌplein] 飞机 *n.*
▶ We take an **airplane** to America.　我们搭飞机到美国。

airport [ˈɛəpɔːt] 机场 *n.*
▶ We'll see you off at the **airport**.　我们会到机场送你。

ambulance [ˈæmbjuləns] 救护车 *n.* [C]
▶ He was taken by the **ambulance** to the nearest hospital.　他被救护车送到最近的医院。

arrive [əˈraiv] 抵达 *vi.*
▶ My friends will **arrive** in Taipei tomorrow.　我的朋友明天会抵达台北。

bicycle [ˈbaisikl] 脚踏车 *n.*
▶ We went for **bicycle** ride on Sunday.　我们星期天去骑脚踏车。

boat [bəut] 船 *n.* [C]
▶ You can take a **boat** to travel along the coast.　你可以搭船沿着海岸游览。

bridge [bridʒ] 桥 *n.* [C]
▶ We crossed the **bridge** over the river.　我们穿过河上的桥。

bus [bʌs] 巴士 *n.*
▶ The school **bus** arrives at 8:00 in the morning every school day.
除了假日之外，校车每天早上8点抵达。

car [kɑː] 汽车 *n.* [C]
▶ He got into the **car** and drove away.　他一上车就把车开走了。

gas station [ˈgæsˈsteiʃən] 加油站 *ph.*
▶ We filled up the tank with fuel at the gas station.　我们到加油站把油箱加满。

highway [ˈhaiwei] 高速公路 *n.* [C]

▶ It's convenient to drive on the **highway** to Kaohsiung. 从高速公路开车到高雄很方便。

jeep [dʒiːp] 吉普车 *n.*

▶ This 4 by 4 **jeep** is particularly designed for climbing mountains.
这辆四轮传动的吉普车是专为登山而设计的。

land [lænd] 落地 *vt.*

▶ Flight 606 will **land** in a minute. 班次606班机将于1分钟后降落。

motorcycle [ˈməutəsaikl] 摩托车 *n.*

▶ It's dangerous to ride a **motorcycle** in Taipei. 在台北市骑摩托车是很危险的。

MRT [ˈemˈɑːrˈti] 捷运 *abbr.*

▶ Nobody is permitted to eat or drink in the trains of **MRT**.
在捷运车厢内吃东西或喝饮料是不被允许的。

parking lot [ˈpɑːkiŋˈlɔt] 停车场 *n.*

▶ The parking fee of this **parking lot** is NT$50 per hour. 这个停车场的收费是每小时50元。

platform [ˈplætfɔːm] 月台 *n.* [C]

▶ The train now standing at **platform** 3 is bound for Taichung.
停在第三月台的火车是开往台中的。

sail [seil] 航行 *n.*

▶ The ferry **sails** from Vancouver to Victoria. 这艘轮船从温哥华航行到维多利亚。

sidewalk [ˈsaidwɔːk] 人行道 *n.*

▶ She slipped and almost fell down on the watery **sidewalk**.
她在潮湿的人行道上打滑还差点跌倒。

slow [sləu] 减速 *adj.*

▶ Please **slow** down, or I can't catch you up. 慢一点，否则我跟不上你。

submarine [ˈsʌbməriːn] 潜水艇 *n.* [C]

▶ Our **submarines** suffered greatly during the war. 我方的潜水艇在战争时损失惨重。

taxi ['tæksi] 计程车 *n.*

▶ It's late. We'd better take a **taxi**.　太晚了，我们最好搭出租车。

traffic jam ['træfik'dʒæm] 塞车 *ph.*

▶ We were stuck up in a **traffic jam**.　我们被困在拥挤的车流中。

traffic light ['træfik'lait] 交通信号灯 *ph.*

▶ We have to abide by the **traffic lights** to stop or proceed.

我们必须遵守红绿灯指示停止或继续前进。

train [trein] 火车 *n.* [C]

▶ I like traveling by train.　我喜欢搭火车旅行。

truck [trʌk] 卡车 *n.* [C]

▶ We heard the rumble of a passing **truck**.　我们听到一辆卡车轰隆隆地开过。

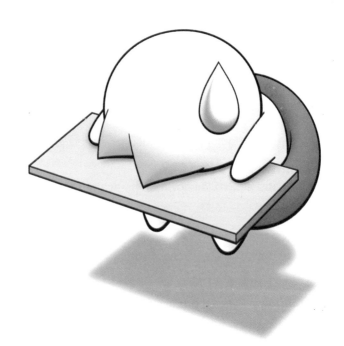

Unit 3. 葱宝秀英文语法
Grammar

语法 1

不用背时态的现在时

现在时表示"始终"、"学习"、"通常"存在的事件或状态，而这些事件或状态现在会存在、过去会存在、将来也可能存在。所以现在时可用以表达不管是发生在过去、现在、未来皆成立的"事实"、"状态"、"习惯"、或"真理"。

现在时

Step 1. 现在时的主语与动词之配合变化

　　现在时中的主要动词，除了be动词及have以外的动词，皆用原形（当主语为第一、二人称单、复数或第三人称复数）亦或者是动词原形加上s或es（当主语为第三人称单数时）。

1. 现在时中"be"动词的变化

	人称	主语	动词
单数	第一人称	I	am
	第二人称	You	are
	第三人称	He	is
		She	is
		It	is
复数	第一人称	We	are
	第二人称	You	are
	第三人称	They	are

2. 现在时中"have"动词的变化

	人称	主语	动词
单数	第一人称	I	have
	第二人称	You	have
	第三人称	He	has
		She	has
		It	has
复数	第一人称	We	have
	第二人称	You	have
	第三人称	They	have

► I have two pens.
我有两支笔。

► He has many friends.
他有很多朋友。

► We have a large family.
我们有个大家庭。

► You have many things to do.
你（们）有很多事要做。

3. 现在式中"其它一般动词"的变化

	人称	主语	动词（使用原形）
单数	第一人称	I	live in Taipei.
	第二人称	You	study English well.
复数	第一人称	We	know her.
	第二人称	You	come to school.
	第三人称	They	go home.
	人称	主语	动词（加s或es）
单数	第三人称	He	lives in Taipei.
		She	studies English well.
		It	knows her.
			comes to school.
			goes home.

Step 2. 现在时的主要一般用法

1. 表示现在的动作或状态
► My uncle teaches history.
我叔叔教历史。

► I learn Spanish.
我学西班牙文。

► I live in Taipei.
  我住在台北。

► She is a famous singer.
  她是一位有名的歌手。

► He has a new car.
  他有一部新车

2. 表示现在习惯性的动作

► I go to wrok.
  我去上班。

► My mother gets up at five.
  我妈妈五点起床。

► This little boy has four meals a day.
  这位小男孩一天吃四餐。

此外，用现在时以表示习惯性的动作时，常会加上时间副词来修饰句子，如：always, usually, often, sometimes, seldom, never, everyday…等。

► They never go to work by taxi.
  他们从不搭出租车去上班。

► I go jogging with my friend every morning.
  每天早上我和我的朋友去慢跑。

► She always eats bread for breakfast.
  她早餐总是吃面包。

3. 表示不变的真理或事实

► Three and three makes six.
  = three plus three is six.
    三加三等于六。

► The sun sets in the west.
  日落于西。

► There are twelve months in one year.
  一年有十二个月。

▶ He is younger than Linda.
他的年纪比琳达小。

Step 3. 现在时的其它常用法

1. 表达代替未来的行为

当在句子中使用到"出发"、"来往"、"开始"（包括start, begin arrive, leave, go, come之类）的来去动词时，通常可用现在时以代替未来之意。

▶ My boss leaves for Japan next week.
我的老板下个礼拜动身到日本。

▶ My parents come tomorrow.
我的父母亲明天要来。

▶ The meeting begins at 9 o'clock.
会议九点钟开始。

2. 在时间及条件副词从句中表示未来

▶ If it rains tomorrow, we won't go swimming.
假如明天下雨的话，我们将不会去游泳。
└ if 条件副词从句中，以现在时表示未来。

▶ If you want to go next week, I will go with you.
假如你下个礼拜想去的话，我将跟你一起去。
└ if 条件副词从句中，以现在时表示未来。

▶ Everything will be ready before we leave.
在我们离开之前，一切将会准备就绪。
└ before 时间副词从句中，以现在时表示未来。

▶ Please wait until she comes back.
请等到她回来。
└ until 时间副词从句中，以现在时表示未来。

现在进行时

现在进行时表示某个动作或活动从过去的某一刻开始，到现在讲话的这一刻仍在进行中，而且此动作会持续到未来的某一刻结束。

Step 1. 现在进行时中动词之变化

现在进行时中的动词以"am（are, is）+ 现在分词"来表示，而其中现在分词的写法又根据其原本动词字尾的不同而有着不同的变化形式。

1. 一般情况：动词原形字尾**+ing**

▶ I am washing my hair.
我正在洗我的头发。
└ 动词原形wash+ing。

▶ She is talking with my teacher.
她正在和我的老师说话。
└ 动词原形talk+ing。

2. 动词字尾为**e**时：去掉e后加上**ing**

▶ They are riding a bicycle.
他们正在骑脚踏车。
└ 动词ride去掉e后加上ing

▶ We are arguing about this matter.
我们正在争论这件事情。
└ 动词argue去掉e后加上ing。

3. 动词字尾是短元音**+**单辅音时：重复字尾音后再加**ing**

▶ I am shopping in the department store.
我正在百货公司内购物。
└ 重复动词shop的字尾音p后加上ing。

▶ She is sitting on a big rock.
她正坐一块大石头上。
└ 重复动词sit的字尾辅音t后加上ing。

Step 2. 常见 "不用于进行时" 的动词

　　大部分的动词基本上都可以有进行时态，以下将举例说明：

▶ She is playing the piano.
　 她正在弹钢琴。

▶ I like chocolate cake.
　 我喜欢巧克力蛋糕。

　　当一个人在弹钢琴的时候，基本上我们是可以看出此动作是否正在进行着，因为 "弹钢琴" 这个动作是有过程的。相反地，在第二个例句中，我们会发现 "喜欢" 这个动作是瞬间的，我们无法知道喜欢这个动作是否正在进行中、何时开始或结束，所以我们不可能说 "我正在喜欢巧克力蛋糕"，也就是说，像喜欢这一类的动词不能用于进行时态中，通常只用于一般时中。

　　以下将介绍四大类通常 "不用于" 进行时态的动词：

1. 感官动词

> hear（听到），see（看到），taste（尝起来），sound（听起来），smell（闻起来），seem（似乎），feel（感觉到）…等。

　　▶ （×）This cup of tea is tasting a little bitter.
　　　 （○）This cup of tea tastes a little bitter.
　　　　　 这杯茶尝起来有点苦。

　　▶ （×）She is feeling very happy.
　　　 （○）She feels very happy.
　　　　　 她感到非常高兴。

2. 心里活动状态动词

> agree（同意），mean（意思为），know（知道），understand（了解），think（认为），believe（相信），trust（相信），forget（忘记），remember（记得），recognize（认出）…等。

▶ (×) You are forgetting my phone number.
  (○) You forget my phone number.
      你忘了我的电话号码。

▶ (×) He is believing what I say.
  (○) He believes what I say.
      他相信我所说的话

3. 感情、情绪性的动词

love（爱），like（喜欢），dislike（讨厌），hate（恨），detest（厌恶），fear（害怕），want（想要），desire（想），wish（但愿），hope（希望）…等。

▶ (×) Are you liking this present?
  (○) Do you like this present?
      你喜欢这份礼物吗?

▶ (×) I am wanting to buy a new car.
  (○) I want to buy a new car.
      我想要买一部新车。

4. 其它类动词

belong（属于），have（有），own（拥有），possess（拥有），cost（价值），contain（包含）…等。

▶ (×) This hat is costing five hundred dollars.
  (○) This hat costs five hundred dollars.
      这顶帽子价值五百元。

▶ (×) I am having two computers.
  (○) I have two computers.
      我有两台计算机。

Step 3. 现在进行时的主要一般用法

1. 表示现在正在进行中或正在继续的动作

▶ My little brother is watching television.
  我小弟正在看电视。

▶ I am talking with my neighbors.
  我正在和我的邻居们谈话。

▶ It is raining outside.
  外面正在下雨。

此外，在此种用法中也可加上时间副词如now, at this moment…等来修饰句子中的动词。

▶ What are you doing now?
  你现在正在做什么?

▶ She is cooking in the kitchen at this moment.
  她此刻正在厨房内煮饭。

2. 表示已安排好之未来将发生的行为

在此种用法中，动词大多为表示"停留"、"往来"、"出发"之类的动词，如stay, leave, spend, come, go, visit,…等，而且还会将表示未来的时间副词放入句中。

▶ My best friend is coming on Friday.
  我最好的朋友星期五会来。

▶ My father is going to Hong Kong tomorrow.
  我爸爸明天要去香港。

▶ He is visiting his old friend next Tuesday.
  他下星期二将前往拜访他的老朋友。

Step 4. 现在进行时的其它用法

1. 表示目前现阶段常做的暂时性动作

▶ This restaurant is serving free black tea in the afternoon until Valentine's Day.
这家餐厅直到情人节为止都有在下午招待免费的红茶。
└ 表示仅是直到情人节之前的这段期间是如此。

▶ My teacher is teaching music this semester.
我的老师这学期教音乐。
└ 表示仅是这学期是如此。

2. 表示不断重复的行为

现在进行式出现在此种用法时，常与always（总是），constantly（时常、不断地）…等副词连用，以表示其反复不断性的动作或行为。

▶ He is always complaining about his job.
他总是在抱怨他的工作。

▶ These young people are always wasting their time.
这些年轻人老是在浪费时间。

▶ They are constantly arguing about this with me.
他们不断地和我争论有关于这件事。

现在完成时

现在完成时表示某个动作或状态到现在为止为"刚刚才完成"、"已经完成"或"尚未完成"的状态，而且通常是特别强调此动作或状态是由过去的某个时间持续至现在。

Step 1. 现在完成时中动词之变化

在现在完成时中，动词是以"have/has + 过去分词"来表示，而其中过去分词的表示方法除了不规则动词有其另外的变化形式外，一般情况下过去分词的形式为动词原形加上ed或d。

1. 现在完成时的动词变化

	人称	主语	动词变化
单数	第一人称	I	have+过去分词
	第二人称	You	have+过去分词
	第三人称	He	has+过去分词
		She	has+过去分词
		It	has+过去分词
复数	第一人称	We	have+过去分词
	第二人称	You	have+过去分词
	第三人称	They	have+过去分词

▶ I/We have studied for three hours.
　我（们）已读了三个小时的书了。

▶ You have taken the books.
　你（们）把书拿走了。

▶ My dog has come back.
　我家的狗已经回来了。

▶ They have ordered their dinner.
　他们已点了晚餐。

Step 2. 现在完成时的主要一般用法

1. 表示截至现在为止所完成的动作

▶ I have eaten my dinner.
　我吃过我的晚餐了。

▶ She has bought a new skirt.
　她买了一条新裙子。

在此种用法中，有时候会加上时间副词，如already（已经），just（刚刚），yet（尚、迄今），recently（最近），…等，来表达动作的完成与否或情况。

▶ They have just finished their homework.
他们刚做完功课。

▶ His boss has already come back.
他的老板已经回来了。

▶ I have not received his letter yet.
我尚未收到他的来信。

2. 表示从过去开始持续到现在的动作或状态此种用法中常会将for（有…之久）或since（自从…）放在句中使用。

▶ Mary has played the piano for two hours.
玛丽已经弹了两个钟头的钢琴了。
└ 玛丽到现在还在弹钢琴。

▶ He has been is Paris for two weeks.
他到巴黎已经有两个礼拜了。
└ 他现在仍然还在巴黎。

▶ I have lived here since 1995.
我自从1995年起就住在这里了。
└ 我现在仍然住在这里。

▶ You have eaten nothing since last night.
你自昨晚起就未吃任何东西。
└ 你到现在还是没有吃任何东西。

3. 表示从过去某时到现在为止的经验

在此种用法中，常与一些固定的副词连用，如before（之前），once（一次），twice（两次），ever（曾经），never（从未），…等。

▶ My friend has never been there in her life.
我的朋友她一生中未曾去过那里。
└ 与never连用。

▶ Have you ever seen a cow?

你见过乳牛吗?

└ 与ever连用。

▶ My English teacher has visited my parents once.

我的英文老师访问过我的父母亲一次。

└ 与once连用。

▶ I have read this novel before.

我以前读过这本小说。

└ 与before连用。

Step 3. 使用现在完成时应注意的用法

1. 不与表示"过去"特别明确的时间副词连用

一般来说,因为现在完成时是特别强调所描述的动作或状态从过去到现在为止的状态或所产生的结果为何,所以仍然对于现在有一定程度的影响,在描述时也就不适合用明确的"过去"时间副词去指出其时间点来。

▶ (×) We have moved to Taipei two months ago.

(○) We moved to Taipei two months ago.

我们两个月前搬到台北来。

└ two months ago为明确的过去时间点。

▶ (×) He has finished his work yesterday.

(○) He finished his work yesterday.

他昨天完成了他的工作。

└ yesterday为明确的过去时间点。

2. 可与表示具有"现在"意义的时间副词连用

某些表示现在的时间副词除了可用于过去时外,现在完成时中也适用,如this morning(今早),today(今天),this week(本周),this month(本月),this year(今年),now(现在),…等。

▶ They didn't talk to Paul today.
他们今天没和保罗说话。
└ today与过去式连用：说话的此时今天已经过去了。

They haven't talked to Paul today.
他们今天还未与保罗说话。
└ today与现在完成式连用：说话的此时可能还是今天。

▶ Did you go to see a doctor this week?
你这个星期去看过医生吗？
└ this week与过去式连用：说话的此时本周已经过去了。

Have you gone to see a doctor this week?
你这个星期已去看过医生了吗？
└ this week与现在完成式连用：说话的此时可能还是在本周内。

▶ I called my friend this morning.
我今天早上打电话给我的朋友。
└ this morning与过去式连用：说话的此时今早已经过去了。

I have called my friend this morning.
我今天早上已经打电话给我的朋友。
└ this morning与现在完成式连用：说话的此时可能还在今早期间内。

3. 疑问副词when不使用于现在完成时中

由于when（何时）指的也是较明确的时间点，所以无法用于现在完成时所指的从过去延续至现在的时间点范围中。

▶ （ × ）When have you met her?
（ ○ ）When did you meet her?
你什么时候遇见她的？

▶ （ × ）When has she told him the truth?
（ ○ ）When did she tell him the truth?
她何时告诉他真相的？

语法2

带有变化的过去时

　　过去时表示发生于过去且同时也是结束的过去的"动作"、"事件"、"状态"、"学习"或"经验"等，而且通常在过去时的句子中会有表示过去时间的副词出现，以达到使句意更清楚完整的效果。

过去时

Step 1. 过去时的主语与动词之配合变化

过去时句子中的动词，除了be动词主要会因人称之不同而有was及were两种不同之变化形式外，其它大部分的动词只有一种过去式，而且大致上来说，是以"动词原形+ed"来表示，另外一些动词的过去式则是采用不规则变化，需要读者们自行用心记住。

1. 过去式中 "be" 动词的变化

	人称	主语	动词
单数	第一人称	I	was
	第二人称	You	were
	第三人称	He	was
		She	was
		It	was
复数	第一人称	We	were
	第二人称	You	were
	第三人称	They	were

► I was born in Kaohsiung.
　我出生于高雄。

► You were absent.
　你（们）缺席了。

► It was warm yesterday.
　昨天天气是暖和的。

► We were very sad then.
　我们那时很悲伤。

► They were at home last night.
　他们昨晚在家中。

143

2. 过去时中"其它一般动词"的变化：

不论主语为第几人称，每个动词皆只有一种过去式，以"动词原形+ed"或"不规则变化"形式来表达。

主语	动词（动词原形+ed）
I	walked to the park.
You	jumped into the water.
He	played in the gaden.
She	liked tea.
It	glanced at that dog.
We	washed my/ your/his her/ its/ our/their hands.
You	arrived at the bridge.
They	shouted loudly.

主语	动词（不规则变化）
I	came here.（原形为come）
You	drank some water.（原形为drink）
He	ate three bananas.（原形为eat）
She	felt sick.（原形为feel）
It	fell asleep.（原形为fall）
We	swam in the river.（原形为swim）
You	sang happily.（原形为sing）
They	ran slowly.（原形为run）

Step 2. 常与过去时配合使用的时间副词

在表达过去时的句子中，除非句子本身有用到含有过去意义的动词词组（如used to），或者与自己交谈的对方能够和你一起对于事件发生的时间有所共识，否则在大部分的情况下，会在过去时的句子中加上适当的时间副词（例如：one minute ago, a few days ago, two years ago, last night, last week, last month, last year, last July, yesterday, yesterday morning, this morning,…等），让句子变成是有意义的。以下将再举例说明这些时间副词在过去时中的用法：

▶ She read a book last night.
她昨晚看了一本书。

▶ Yesterday we went fishing.
昨天我们去钓鱼。

▶ I saw him last month at the party.
上个月我在宴会上看到他。

▶ They left the classroom ten minutes ago.
他们在十分钟前离开教室。

Step 3. 过去时的主要一般用法

1. 表示发生于过去的动作、状态或事件

▶ I went to Hong Kong last month.
我上个月去香港。
└ 表示发生于过去的动作。

▶ We had a good time at the birthday party last night.
昨晚我们在生日宴会上玩得很高兴。
└ 表示过去的状态。

▶ I met my English teacher on my way to school this morning.
今天早上我在上学途中遇到了我的英文老师。
└ 表示发生于过去的事件。

2. 表示过去习惯性的动作或行为

在此种用法中，通常会加上某些副词或 "used to +v"（过去经常…）此种动词词组来表示过去的习惯性动作或行为。

▶ We often played basketball together during our college days.
我们在大学时期常在一起打篮球。

▶ My elder sister always got up early in the morning.
我姊姊从前早上都很早起床。

▶ My aunt used to visit us on holidays.
我阿姨以前常在假日时来拜访我们。

Step 4. 过去时的其它用法

1. 表示过去的经验

▶ Did you ever see a bear?
= Have you ever seen a bear?
你见过熊吗?

▶ I never saw that old man before.
= I have never seen that old man before.
我以前从来未曾见过那位老人。

特别要注意的是,在此种用法中,通常动词过去式也可以使用现在式来表示过去的经验。

2. 用来分别"过去是如此,但现在不再是这样"的状况

▶ I thought you were smart, but now I don't think so.
我(过去)以为你很聪明,但现在我却不这么认为了。

▶ Your father was a drunkard, but he isn't now.
你爸爸以前是个酒徒,但现在不是了。

过去进行时

过去进行时表示某个动作或活动在过去的某一段时间正在继续不断或进行中。

Step 1. 过去进行时中动词之变化

过去进行时中的动词以"was（were）+现在分词"来表示，而其中现在分词的写法也是根据其原本动词字尾的不同而有着不同的变化形式（此部分的规则解说与现在进行时中所介绍的"动词之变化"同）。

	主语	动词变化
单数	I	was+现在分词
	You	were+现在分词
	He	was+现在分词
	She	was+现在分词
	It	was+现在分词
复数	We	were+现在分词
	You	were+现在分词
	They	were+现在分词

▶ She was playing the piano all Saturday morning.
她整个礼拜六早上都在弹钢琴。

▶ You were visiting my teacher yesterday, so you didn't come to see me.
你（们）昨天正在拜访我的老师，所以没来找我。

Step 2. 过去进行式的主要一般用法

1. 表示过去某段时间正在进行或继续的动作

▶ I was reading a book when the telephone rang.
当电话铃响的时候，我正在看书。

▶ When she came in , I was talking with my English teacher.
当她进来的时候，我正在和我的英文老师讲话。

▶ These students were studying then.
这些学生那时正在读书。

2. 表示在过去时即将发生的事情或意图

▶ She told me that she was going to Paris.
她告诉我说她将要去巴黎。

▶ He was leaving when you arrived.
你到达时，他正要离开。

▶ I was going to school when you called me.
你打电话给我时，我正要去学校。

▶ As you were visiting Grandpa the next day, there was no need to mail this letter.
既然你第二天打算去拜访祖父，那么就没有必要寄这封信了。

▶ This little boy was dying.
那时这位小男孩快要死了。

Step 3. 使用过去进行时应注意事项

1. while此字通常用于引导过去进行时的从句中

▶ It began to rain while I was jogging in the park.
我在公园慢跑时，开始下起雨了。

▶ While my father was watching TV, he fell asleep.
我爸爸在看电视时睡觉了。

▶ I met one of my old friends while I was shopping in Taipei.
当我在台北逛街时，我遇到了我的一位老朋友。

2. 如果要表达两个同时都在进行的动作，则两个动作皆可用过去进行式表示

▶ He was washing the dishes while I was studying.
当我在读书时，他正在洗碗盘。
└ "读书"与"洗碗盘"为两个同时进行的动作。

▶ While you were preparing dinner, she was cleaning the house.
当你在准备晚餐时，她正在打扫房子。
└ "准备晚餐"与"打扫房子"为两个同时在进行的动作。

▶ They were playing in the yard while I was writing a letter in my room.

当我正在我的房间内写信时，他们正在院子里玩耍。

└ "在房间内写信"与"在院子里玩耍"为两个同时在进行的动作。

过去完成时

过去完成时表示到"过去的某个时间点"为止所完成的动作、经验或动作状态的继续。

Step 1. 过去完成时中动词之变化

过去完成时中，动词统一以"had+过去分词"来表示，而其中过去分词的表示方法除了当遇到不规则动词时有其另外的变化形式外，一般情况下过去分词的形式为动词原形加上ed或d。

▶ The baseball game had already begun when I arrived.

当我到达时，棒球比较早就开始了。

└ begin的过去分词形式begun属于不规则变化。

▶ He had watched TV for an hour when I came home.

当我回家时，他已经看了一个小时的电视了。

└ 动词watch的过去分词形式为watched。

Step 2. 过去完成时的主要一般用法

1. 表示截至过去的某个时间点为止所完成的动作

▶ I heard that he had bought a new car.

我听说他已经买了一部新车。

▶ We had already finished our lunch when the teacher came in.

当老师进来时，我们已经吃过午餐了。

▶ After we had visited the museum, we went to the restaurant for dinner.
在我们参观完博物馆之后，我们去餐厅吃晚餐。

在此种用法中，和现在完成时的用法类似，有时候也是会加上时间副词，如already（已经），just（刚刚），yet（尚、迄今），…等来表达动作的完成与否或情况。

▶ You had just finished your work then.
你那时刚做完你的工作。

▶ The plane had already taken off when I got to the airport.
我到飞机场时，飞机早就已经起飞了。

▶ I had not told him the truth yet when you asked me this question.
当你问我这个问题时，我尚未告诉他事情的真相。

2. 表示持续到过去的某个时间点或动作或状态

▶ When I called her, she had been ill for a week.
当我打电话给她时，她已经病了一个星期了。

▶ My friend left after he had lived there for six months.
我的朋友在那里住了六个月以后离开。

▶ This little girl had stayed with her dog before her mother found her.
这位小女孩在她妈妈找到她之前一直跟她的狗在一起。

3. 表示到过去某个时间为止的经验

在此种用法中，可与一些固定的副词连用，如before（之前），ever（曾经），once（一次），twice（两次），several times（几次），never（从未），…等。

▶ He had been to Paris several times.
他过去曾到过巴黎几次。
└ 与several times连用。

▶ She told me that she had seen that movie twice.
她跟我说她曾看过那部电影两次。
└ 与twice连用。

▶ I had never been abroad before then.
在那时以前我未曾到过国外。
└ 与never连用。

Step 3. 过去完成时的其它用法

1. 表示未曾达成或实现的希望、意图、想法，在此种用法中，通常会使用到如**think**，**hope**，**believe, intend, mean, expect**之类的动词的过去完成式。

▶ He had hoped to play basketball with his friends, but he had to finish his homework.
他本来是希望可以和朋友去打篮球，但他必须完成他的家庭作业。
└ 未达成能和朋友去打篮球的希望。

▶ We had intended to catch the 9:00 plane, but we found that it had already left.
我们原本打算搭九点的飞机，但是我们发现那班飞机早就已经开走了。
└ 未能达成搭上九点那班飞机的意图。

▶ I had thought that you were a rich person, but I found that you didn't have enough money, either.
我原本以为你是有钱人，但是我发现你也没有足够的钱。
└ 未能达成猜测的想法。

2. 用在间接叙述法时

此种用法通常是为了让句子的时态能够有一致性，所以会将原本直接叙述法中的过去式或现在完成式，在改成间接叙述法时，使用过去完成时的说法。

▶ He said, "The old man left at ten o'colck."
他说："这位老人在十点时离开了。"（直接叙述法）
He said that the old man had left at ten o'clock.
他说这位老人在十点时已离开了。（间接叙述法）
└ 因为said为过去式，所以间接叙述中的主要动词为了一致性而要使用过去完成式had left。

▶ I said, "I have made a wrong decision."
我说："我下了一个错误的决定。"（直接叙述法）

I admitted that I had made a wrong decision.

我承认我下了一个错误的决定。（间接叙述法）

└ 因为admitted为过去式，所以间接叙述中的主要动词为了一致性而要使用过去完成式had made。

3. 区分两个过去动作的先后顺序

通常为了区分两个发生于过去的动作或状态之发生时间上的先后顺序，会将先发生的动作或状态使用过去的完成式，后发生的则会使用一般过去式。

▶ I ate the chocolate cake which I had bought yesterday.

我吃了昨天我买的巧克力蛋糕。

└ 先发生"买了巧克力蛋糕"的动作，"吃掉蛋糕的动作"发生在后。

▶ She lost the watch which her best friend had given her.

她遗失了她最好的朋友给她的手表。

└ 她最好的朋友给她那只手表的动作先发生，"她把手表遗失了"的动作发生于后。

▶ His children had already fallen asleep when got home.

当他到家时，他的孩子早就已经睡觉了。

└ 先发生"他的孩子睡着了"此动作，之后他才到家。

语法3

单纯坚定的将来时

将来时表示将发生在未来某个时间的动作或状态，但将来时除了有单纯的表示发生于未来的事情此种用法，有时也可用来表示个人或他人的意志或意向。

将来时

Step 1. 将来时的主语与动词之配合变化

将来时最常见的表达方式是在助动词will或shall之后加上动词原形，而至于各种不同的人称之后除了加上助动词外，到底是要加上will或是shall，则又可依其用法上是表示"单纯的未来"或"意志的未来"而决定。

1. "单纯的未来"中动词部分的变化

	人称	主语	动词变化
单数	第一人称	I	shall/will+动词原形
	第二人称	You	will+动词原形
	第三人称	He	will+动词原形
		She	will+动词原形
		It	will+动词原形
复数	第一人称	We	shall/will+动词原形
	第二人称	You	will+动词原形
	第三人称	They	will+动词原形

在"单纯的未来"表示法中，不论是单、复数的第几人称，美式用法大多使用"will+动词原形"，英式用法则会在第一人称中的单、复数中使用"shall+动词原形"。

▶ I will/shall be thirty years old tomorrow.
我明天就三十岁了。
▶ You will recover soon.
你很快就会痊愈的。
▶ He will come back in time.
他将会按时回来。
▶ They will know the truth tonight.
他们今晚会知道事情的真相。

2. "意志的未来"中动词部分的变化：

"意志的未来"主要又可分为"主语的意志"、"说话者的意志"与"询问对方意志"三种情况用法。

2-1. "（句中）主语的意志"

	人称	主语	动词变化
单数	第一人称	I	will+动词原形
	第二人称	You	will+动词原形
	第三人称	He	will+动词原形
		She	will+动词原形
		It	will+动词原形
复数	第一人称	We	will+动词原形
	第二人称	You	will+动词原形
	第三人称	They	will+动词原形

此种用法中，无论是第几人称皆用"will+动词原形"，有"（决定）要…，愿意，打算…"之意。

▶ I will buy this book.
我要买这本书。

▶ She will visit her friend next week.
她决定要在下周拜访她的朋友。

▶ They say they will join this club.
他们说他们打算要加入这个俱乐部。

2-2. "说话者的意志"

	人称	主语	动词变化
单数	第一人称	I	will+动词原形
	第二人称	You	shall+动词原形
	第三人称	He	shall+动词原形
		She	shall+动词原形
		It	shall+动词原形

复数	第一人称	We	will+动词原形
	第二人称	You	shall+动词原形
	第三人称	They	shall+动词原形

此种用法中，除了第一人称的单、复数要用"will+动词原形"外，其它一律使用"shall+动词原形"，有表决心、命令、许可、约束、强制…等的意味。

▶ I will not make this mistake.
  我不要犯这样的错。
  └ 表决心。

▶ We will finish it within one hour.
  我们要在一小时内完成它。
  └ 表决心。

▶ You shall go to the party.
  你必须去参加宴会。
  └ 表强制。

▶ He shall leave.
  他可以离开；我要他离开。
  └ 表许可。

2-3. "询问对方的意志"

	人称	动词与主语变化
单数	第一人称	Shall I…?
	第二人称	Will you…?
	第三人称	Shall you…?
		Shall she…?
		Shall it…?
复数	第一人称	Shall we…?
	第二人称	Will you…?
	第三人称	Shall they…?

此种用法中，除了第二人称的单、复数要用will外，其它一律使用shall，且大多用于疑问句中，有表示询问对方的意志、客气的拜托⋯等的意味。

▶ Shall I open the door?
　要我替你把门打开吗？

▶ Shall he sit down?
　你要他坐下吗？

▶ Will you lend me your car?
　你愿意借我你的车吗？

▶ Shall we go now?
　我们可以现在走吗？

Step 2. 将来时的主要一般用法

1. 表示单纯的即将发生于未来之动作或状态

▶ He will be very busy tomorrow.
　他明天将会很忙。
　└ 即将发生于未来的状态。

▶ I will become a teacher soon.
　我很快将成为一位老师。
　└ 即将发生于未来的状态。

▶ The weather will be fine next week.
　下周的天气将会很好。
　└ 即将发生于未来的状态。

▶ She will go to church this Sunday.
　她这个星期天将要到教堂做礼拜。
　└ 即将发生于未来的动作。

▶ They will read this letter.
　他们将会阅读这封信。
　└ 即将发生于未来的动作。

2. 表示意志的未来

此种用法也就是之前曾提过的"主语的意志"、"说话者的意志"与"询问对方意志"三种意志型态的用法。

▶ I will accept his invitation.
我打算要接受他的邀请。
└ 主语的意志。

▶ She shall go to the party.
她可以去参加舞会。
└ 说话者的意志。

▶ Will you do me a favor?
你愿意帮我一点忙吗?
└ 询问对方意志。

Step 3. 其它常见意指未来的同义语

1. 使用"be going to +动词原形"

当在句子中使用"be going to +动词原形"时,通常是用来指不久的将来可能会发生的事情,或者是指预先的计划或打算。

▶ It is going to be sunny tomorrow.
明天天气将会阳光普照。
└ 不久的将来可能会发生的事情。

▶ She is going to leave.
她将要离开了。
└ 不久的将来可能会发生的事情。

▶ My younger brother is going to buy a computer.
我的弟弟打算买一台计算机。
└ 预先的计划或打算。

▶ I am going to paint the living room tomorrow.
我打算明天来油漆客厅。
└ 预先的计划或打算。

2. 使用"**be to+动词原形**"

当在句子中使用"**be to +动词原形**"时，通常是用来指"预定、将来、约定"之意。

▶ They are to meet at the restaurant.
他们约好在餐厅见面。

▶ We are to hold a meeting tomorrow.
我们明天预定要开会。

▶ A new department store is to be opened in Taipei.
一家新的百货公司预定在台北开张。

3. 使用"**be about to+动词原形**"

当在句子中使用"**be about to +动词原形**"时，通常是用来指"即将、就要发生的事情"，但此种用法是属于比较文言的说法。

▶ This plane is about to take off.
这架飞机即将要起飞了。

▶ She is about to arrive at the village.
她就要到达那个村庄了。

附录
Appendix

词类变化一览表

Step 1. 动词的变化

1. 动词的规则变化

动词字尾形式	动词原形	现在分词	过去式/过去分词
一般动词	work open	字尾+ing working, opening	字尾+ed worked, opened
字尾是e, 且e不发音	like hope	字尾去掉e, 再加上ing liking, hoping	字尾+d liked, hoped
字尾是ie时	tie die	去掉ie, 改成y, 再加上ing tying, dying	字尾+d tied, died
字尾是辅音+y时	cry try	直接字尾+ing crying, trying	去掉y, 再加ied cried, tried
字尾是元音+y时	play stay	直接字尾+ing playing, staying	字尾+ed played, stayed
字尾是单元音+单字音, 且为单音节字	stop drop	重复字尾辅音, 再加上ing stopping, dropping	重复字尾辅音, 再加上ed stopped, dropped

2. 动词的不规则变化（以下为常见的不规则动词变化）

动词原形	过去式	过去分词
be（am,is / are）	was / were	been
become	became	become
begin	began	begun
bring	brought	brought
buy	bought	bought
catch	caught	caught
come	came	come
cost	cost	cost
do	did	done
dream	dreamt / dreamed	dreamt / dreamed
drink	drank	drunk
drive	drove	driven
eat	ate	eaten
fall	fell	fallen
feel	felt	felt
fight	fought	fought
find	found	found
fly	flew	flown
forget	forgot	forgot / forgotten
get	got	got / gotten
give	gave	given
grow	grew	grown
go	went	gone
have/has	had	had
hear	heard	heard
hit	hit	hit
hurt	hurt	hurt
keep	kept	kept
know	knew	known

动词原形	过去式	过去分词
leave	left	left
lend	lent	lent
let	let	let
lie（躺下）	lay	lain
lose	lost	lost
make	made	made
meet	met	met
pay	paid	paid
put	put	put
read	read	read
ride	rode	ridden
run	ran	run
say	said	said
see	saw	seen
sell	sold	sold
send	sent	sent
set	set	set
show	showed	showed / shown
sing	sang	sung
sit	sat	sat
sleep	slept	slept
speak	spoke	spoken
spend	spent	spent
stand	stood	stood
swim	swam	swum
take	took	taken
teach	taught	taught
tell	told	told
think	thought	thought
understand	understood	understood

动词原形	过去式	过去分词
wear	wore	worn
win	won	won
write	wrote	written

Step 2. 形容词的变化

1. 形容词的规则变化

单音节或部分两个音节的形容词

字形变化	原级	比较级	最高级
一般大多数形容词	small long cold fast dark cheap kind slow tall	直接字尾加上er smaller longer colder faster darker cheaper kinder shower taller	直接字尾加上est smallest longest coldest fastest darkest cheapest kindest showest tallest
字尾是不发音的e时	wide large nice safe close	直接加r wider larger safer closer	直接加st widest largest safest closest
字尾是辅音加上y时	pretty happy easy dirty	去掉y，再加上ier prettier happier easier dirtier	去掉y，再加上iest prettiest happiest easiest dirtiest

字尾是单元音+单辅音	thin hot big fat	重复字尾辅音字母，再加上er	重复字尾辅音字母，再加上est
		thinner hotter bigger fatter	thinnest hottest biggest fattest

多音节形容词

字形变化	原级	比较级	最高级
字尾是-able,-ous,-ive,-ing,-ful,…..等两个音节以上的长音节以上的形容词时	interesting expensive beautiful comfortable delicious	原级的字前加上more	原级的字前加上most
		more interesting	most interesting
		more expensive	most expensive
		more beautiful	most beautiful
		more comfortable	most comfortable
		more delicious	most delicious

2. 形容词的不规则变化（常见的不规则变化形容词）

原级	比较级	最高级
good（好的） well（健康的）	better	best
bad（坏的） ill（病的）	worse	worst
far（远的）	farther（表距离） farthest（表距离）	further（表程度） furthest（表程度）
late（迟的）	later（表距离） latter（表距离）	least（表时间） last（表顺序）
little	less	least
many, much	more	most

Unit **4.**
葱宝学会5大句型
Patterns

句型1

主语＋动词

　　英文句子的构成，主要是由主语、动词、补语、宾语配合与组合变化所形成的。而想要构成一个完整的句子，最基本要有的元素则是主语与动词，所以"主语＋动词"句型可以称做是英文句型中最基本的句型。

▶ **Time flies.**
时光飞逝
└ 主语部分为"Time"，动词部分为"flies"。

▶ **She is swimming.**
她正在游泳
└ 主语部分为"She"，动词部分为"is swimming"。

句型"主语 + 动词"大解析

Step 1. 主语为何者

　　凡是在五大基本句型中所提到的主语部分，通常指的是名词或代词之类的名词相等用语，而其中名词是可以用来表示各种人、事、地、物……等的字。

▶ I know.
　我知道。
　└ 此句中的主语为代词"I"。

▶ That old man is running.
　那位老人正在跑步。
　└ 此句中的主语为代词"man"。

▶ Autumn is coming.
　秋天将要来临了。
　└ 此句中的主语为代词"Autumn"。

Step 2. 动词为何者

　　一般提到动词时，通常可用其来表示某种动作或状态，而且大致上可分成两大类型的动词："及物动词"与"不及物动词"。

　　"及物动词"的后面一定要加上宾语才能使句意完整，但"不及物动词"的后面则不需要加任何的宾语即可完整的表达句意，故可知道的是在此种"主语 + 动词"的句型中，动词的部分是属于"不及物动词"。

1. 完全不及物动词

因为在这种"主语 + 动词"句型中，不及物动词后面甚至可以不加任何的补语来补充说明主语，所以这种句型中的动词又被称为"完全不及物动词"。

▶ My younger sister cried.
　我妹妹哭了。
　└ 动词"cried"在此句中为完全不及物动词。

▶ These roses will bloom soon.
这些玫瑰不久就会开了。
└ 动词"bloom"在此句中为完全不及物动词。

2. 不及物动词亦可做及物动词用

事实上，有很多动词可当不及物动词与及物动词用，所以在此种"主语＋动词"的句型中所看到的动词并不一定只能当不及物动词用。

▶ My father is reading.
我爸爸正在读书。
└ 此句中read为不及物动词。

▶ My father is reading a book.
我爸爸正在读一本书。
└ 此句中read为及物动词。

▶ I don't understand.
我不懂。
└ 此句中understand为不及物动词。

▶ I understand Spanish.
我懂西班牙文。
└ 此句中understand为及物动词。

▶ My friend sang well.
我的朋友很会唱歌。
└ 此句中sang为不及物动词。

▶ My friend sang an English song.
我的朋友唱了一首英文歌。
└ 此句中sang为及物动词

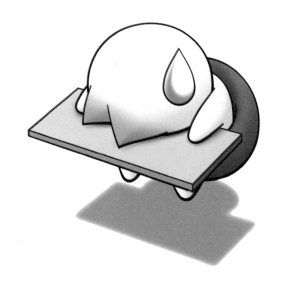

Step 3. 有时会有修饰语出现

在此种句型中，除了最基本的主语与动词外，有时会伴随着一些其它的字语出现，被称为修饰语。通常这些修饰语的功能是用来修饰主语与动词，而其中用来修饰动词的修饰语多为时间或地点的副词词组，是为了使句意能更完整地被表达出来。

► He runs fast.
  他跑得快。
    └ 副词 "fast" 为修饰动词 "runs" 的修饰语。

► I worked all day long.
  我整天都在工作。
    └ 副词 "all day long" 为修饰动词 "worked" 的副词词组。

► The girl sings happily.
  这位女孩快乐地唱着歌。
    └ 冠词 "The" 与副词 "happily" 皆为修饰语。

► My parents walked in the park.
  我的父母亲在公园散步。
    └ 代词 "my" 与地点副词词组 "in the park" 皆为修饰语。

► She didn't come yesterday.
  她昨天没有来。
    └ 时间副词 "yesterday" 为修饰语。

► My little brother always sleeps well.
  我弟弟总是睡得很好。
    └ "My little"，"always" 与 "well" 皆为修饰语。

Step 4. 主语之后可加上完全不及物动词短语

在此种"主语＋动词"句型中，动词也可以是一个"完全不及物动词词组"，和完全不及物动词的用法一样，之后可以加或不加修饰语，但不需要加任何宾词或补语来补充说明句子。

► You didn't show up at the meeting yesterday.
  昨天在会议中你并没有出现。
    └ "show up" 为完全不及物动词词组，"at the meeting" 和 "yesterday" 则皆为修饰语。

► I usually get up early in the morning.
  我通常早上都很早起床。
    └ "get up" 为完全不及物动词词组，"early" 和 "in the morning" 则皆为修饰语。

► This plane took off at ten o'clock.
  这架飞机在十点时起飞。
    └ "took off" 为完全不及物动词词组，"at ten o'clock" 为修饰语。

句型2

主语＋系动词 ＋表语

有些主语之后的系动词虽然因为不会影响到其他的人、事、物所以不用接宾语，但其句意还是无法完全表达，所以会在系动词之后加上表语来补充说明主语的意义。

▶ She is an author.
她是一位作家。
└ 系动词"is"之后的表语为"an author"。

▶ My elder brother is smart.
我哥哥很聪明。
└ 系动词"is"之后的表语为"smart"。

句型"主语＋系动词＋表语"大解析

Step 1. 系动词为何者

如第一种基本句型中所提到过的概念一样，可知动词大致上可分成两大类型："及物动词"与"不及物动词"，而其中不及物动词除了包括之前在"主语＋动词"句型中所提过的完全不及物动词外，另一种就是"主语＋系动词＋表语"句型中所即将要介绍的不及物动词类型：系动词。

系动词

> 在这种"主语＋系动词＋表语"句型中，动词本身虽然不会影响至其他的人、事、物，可不用接宾语，但因为其句意仍无法完整表达，必须在动词之后加上名词、形容词或其它相当于名词的词以做为表语来补充说明句意，所以此种不及物动词又称为"系动词"。

▶ She looks happy
她看起来好像蛮快乐的。
└ 动词"looks"在此句中为系动词。

▶ My boss got angry.
我老板生气了。
└ 动词"got"在此句中为系动词。

▶ He is a nice person.
他是一位好人。
└ 动词"is"在此句中为系动词。

▶ This television remained broken.
这台电视仍旧是坏的。
└ 动词"remained"在此句中为系动词。

此种"主语＋系动词＋表语"句型中，系动词主要又可依据其意义分成四大常见类型，在此将分别介绍这四种类型的"系动词"（亦可称为不完全不及物动词）。

1. be动词

be动词此种系动词之后可接的表语类型包括名词、形容词、不定式、动名词、介词短语……等等，可以算得上是最常会看到的系动词类型。

▶ My mother is busy.
我妈妈很忙碌。
└ 此句中be动词"is"之后接形容词当表语。

▶ Her dream is to travel around the world.
她的梦想是环游世界。
└ 此句中be动词"is"之后接动词不定式当表语。

▶ His hobby is playing basketball.
他的嗜好是打篮球。
└ 此句中be动词"is"之后接动名词当表语。

▶ Seeing is believing.
百闻不如一见。
└ 此句中be动词"is"之后接名词当表语。

▶ This book is of great use.
这本书是很有用的。
└ 此句中be动词"is"之后接介词短语当表语。

2. 表状态动词

此类型的系动词remain（仍旧），keep（保持），appear（似乎，显得），stay（停留在），seem（似乎），……等，在意思上其实和be动词有异曲同工之妙，主要都是用来表示主语的状态。

▶ My aunt remained single all her life.
我的阿姨终身未嫁。
└ 此句中表状态动词"remained"为系动词。

▶ I kept silent all the time at the meeting.
我在会议中始终保持沉默。
└ 此句中表状态动词"kept"为系动词。

▶ This young man appears rich.
这位年轻人似乎是满有钱的。
└ 此句中表状态动词 "appears" 为系动词。

▶ The door stayed open all morning.
这扇门整个早上都是开着的。
└ 此句中表状态动词 "stayed" 为系动词。

3. 表感官动词

此类型的系动词包括feel（感觉，摸起来是），taste（尝起来），smell（闻起来），look（看起来），sound（听起来），……等，通常后面会加上形容词，但如果要接名词于这类型的动词之后，就要在加上介词"like"

▶ She felt very tired.
她觉得很累。
└ 表感官动词 "felt" 之后加上形容词。

▶ This lady looks young.
这位女士看起来很年轻。
└ 表感官动词 "looks" 之后加上形容词。

▶ This news sounds strange.
这个消息听起来满奇怪的。
└ 表感官动词 "sounds" 之后加上形容词。

此种 "表感官动词" 之后若要接名词，则需要加上 "like" 此种意义的介词。

▶ It looks like rain.
好像要下雨的样子。
└ 动词 "looks" 之后先加上 "like"，再加上名词 "rain"。

▶ It sounds like a crazy thing.
这听起来很疯狂。
└ 动词 "sounds" 之后先加上 "like"，再加上 "a crazy thing"。

4. 表变化动词

此类型的系动词包括get，become，turn，fall，grow，……等，之后加上名词或形容词，大致上都有"转变为…，变成为…"之意。

▶ It is getting hot.
天气渐渐变热了。
└ 表变化动词"is getting"之后加上形容词。

▶ He becomes a hero.
他成了一位英雄。
└ 表变化动词"becomes"之后加上名词。

▶ My little sister fell asleep.
我小妹睡着了。
└ 表变化动词"fell"之后加上形容词。

Step2. 系动词之后接表语

在此种"主语 + 系动词 + 表语"句型中，除了主语与动词外，表语在句子中也扮演着相当重要的角色：因为在这种句型中的表语功能主要是用来补充说明主语的意义，所以此种表语又称为"主语补语"，而通常表语的类型有很多种可能，它可以是名词，形容词或其它的相当于名词的词。

▶ My uncle is tall.
我叔叔很高。
└ 表语为形容词"tall"。

▶ This car is yours.
这部车是你的。
└ 表语为代词"yours"。

▶ His goal is to earn five million dollars per year.
他的目标是每年赚五百万元。
└ 表语为动词不定式"to earn five million dollars per year"。

▶ Her interest is playing the piano.
她的兴趣是弹钢琴。
└ 表语为动名词"playing the piano"。

句型 3

主语 + 动词 + 宾语

有些主语之后所接的动词，因为其所表现或发生的动作必须要有另一个接受者或接受物，所以在动词之后要接宾语，以使句意能够完整清楚地被表达。

▶ You love your work .
你热爱你的工作。
└ 动词 "love" 之后的宾语为 "your work"。

▶ She has a computer.
她有一台计算机。
└ 动词 "has" 之后的宾语为 "a computer"。

句型"主语＋动词＋宾语"大解析

Step 1. 动词为何者

一般会将动词大致上分成"及物动词"与"不及物动词"两大类型："不及物动词"除了包括之前在"主语＋动词"句型中所提过的"完全不及物动词"外，另一种就是"主语＋系动词＋表语"句型中所曾介绍过的"系动词"；"及物动词"也包括两种主要类型，亦即"完全及物动词"与"系动词"，而此种"主语＋动词＋宾语"句型中的动词类型则是属于"完全及物动词"。

在这种"主语＋动词＋宾语"句型中，动词之后虽然一定要接宾语，但因为其句意没有补语也能够完整表达，所以此种及物动词又称为"完全及物动词"。

▶ She is reading the newspaper.
她正在看报纸。
└ 动词"is reading"在此句中为完全及物动词。

▶ I like summer.
我喜爱夏天。
└ 动词"like"在此句中为完全及物动词。

▶ He believes me.
他相信我。
└ 动词"believes"在此句中为完全及物动词。

▶ My little sister plays the piano.
我的妹妹在弹钢琴
└ 动词"plays"在此句中为完全及物动词。

Step 2. 动词之后接宾语

在此种"主语＋动词＋宾语"句型中，因为其所使用到的动词需要有可以接受其动作的对象，所以一定要接宾语，以达到使句意能够正确被表达出来。

▶ He doesn't know my name.
他并不知道我的名字。
└ 宾语部分为"my name"。

► My younger brother drew a circle on the wall.
我弟弟在墙上画了一个圆圈。
    └ 宾语部分为 "a circle"。

　　此种 "主语＋动词＋宾语" 句型中，宾语部分常见的类型通常为名词、代词或其他相当于名词的词，以下将分别介绍在此种 "主语＋动词＋宾语" 句型中（完全及物）动词之后常会接的宾语类型。

1. 名词

名词可算得上是在 "主语＋动词＋宾语" 句型中最基本常见的宾语类型。

► She broke the vase.
她打破了花瓶。
    └ 此句中动词之后接名词 "the vase" 当宾语。
► You can open the window.
你可以打开窗户。
    └ 此句中动词之后接名词 "the window" 当宾语。

2. 代词

在 "主语＋动词＋宾语" 句型中，以代词当宾语此种用法也是非常普遍的。要注意的是，此处的代词要放宾格形式的代词。

► (×) She helped I in the kitchen.
　(○) She helped me in the kitchen.
　　　她在厨房帮我的忙。
　　　　└ 动词之后要接宾格形式的代词 "me" 当宾语。
► (×) My friend saw he in the park.
　(○) My friend saw him in the park.
　　　我的朋友在公园里看到他。
　　　　└ 动词之后要接宾格形式的代词 "him" 当宾语。
► (×) The policeman caught she.
　(○) The policeman caught her.
　　　警察捉住了她。
　　　　└ 动词之后要接宾格形式的代词 "her" 当宾语。

▶ (×) I bought they in the department store.

(○) I bought them in the department store.

我在百货公司买下了它们。

└ 动词之后要接宾格形式的代词 "them" 当宾语。

3. 动词不定式

通常在 "主语 + 动词 + 宾语" 句型中，主要是为了表示此完全及物动词所未完成的动作或希望，才会以动词不定式（to + v）当其宾语，并用来表达某种 "企图" 或 "意愿性"。此类的及物动词包括hope（希望），wish（希望），expect（期待），want（想要），decide（决定），determine（决心），attempt（企图），promise（承诺），like（想要，喜欢），love（喜爱，热爱），……等等。

▶ He doesn't want to see the doctor.

他不想要去看医生。

└ 动词 "want" 之后加上动词不定式当宾语用

▶ We hope to receive your letter soon.

我们希望能尽快收到你的来信。

└ 动词 "hope" 之后加上动词不定式当宾语用。

▶ She wishes to come here with her friend.

她希望跟她的朋友一起来这里。

└ 动词 "wishes" 之后加上动词不定式当宾语用。

▶ They attempted to solve all the problems.

他们企图解决所有的问题。

└ 动词 "attempted" 之后加上动词不定式当宾语用。

上述的这些及物动词之后若要表达其动词不定式部分之否定意思时，只需要在动词不定式前加上 "not" 即可。

▶ You promised not to say that.

你答应过不说那件事。

└ 动词 "promised" 之后先加上 "not" 再加上动词不定式。

▶ He determined not to be late again.
他决心不再迟到。
└ 动词"determined"之后先加上"not"再加上动词不定式。

4. 动名词

通常在"主语 + 动词 + 宾语"句型中，会以动名词当其宾语，主要是为了表示此动名词所表达的动作是已完成的或是已知的事实。此类的及物动词包括enjoy（喜欢），dislike（不喜欢），mind（介意），finish（完成），avoid（避免），practice（练习），deny（否认），imagine（想象），admit（承认），……等等。

▶ I enjoy playing basketball with him.
我喜欢和他一起打篮球。
└ 动词"enjoy"之后加上动名词。

▶ I don't mind waiting for her.
我不介意等她。
└ 动词"mind"之后加上动名词。

▶ She finished reading this novel.
她把这本小说读完了。
└ 动词"finished"之后加上动名词。

5. 名词短语

在who, what, which, how,…等疑问词后接动词不定式（to + v），其功能性相当于名词，以形成名词短语，也可当作完全及物动词的宾语类型之一。

▶ She doesn't know how to cook.
她不知道如何煮饭。
└ 动词"know"之后加上名词短语当宾语。

▶ We can't decide which to buy.
我们无法决定要买哪一个。
└ 动词"decide"之后加上名词短语当宾语。

▶ They don't know where to go.

他们不知道该去哪里。

└ 动词 "know" 之后加上名词短语当宾语。

6. 名词从句

名词从句的功能相当于名词，其功能性主要是以整个句子来用，所以当整个句子可当作名词来使用时，这种句子就被称为 "名词从句"，而名词从句也是完全及物动词之后所可以接的宾语类型之一。

▶ I think that he is a smart person.

我想他是一位聪明的人。

└ 以 "that" 引导的名词从句当宾语。

▶ You know that she has many friends.

你知道她有很多朋友。

└ 以 "that" 引导的名词从句当宾语。

▶ He doesn't believe what I said.

他不相信我所说过的话。

└ 以 "疑问词" 引导的名词从句当宾语。

▶ She doesn't remember when she saw the English teacher.

她不记得是在何时看到英文老师的。

└ 以 "疑问词" 引导的名词从句当宾语。

句型 4

主语+动词 +双宾语

有些动词之后会直接加上两个宾语，其中一个所接的宾语为"间接宾语"，另一个所接的宾语则为"直接宾语"，一般将此种句型归类成"主语 + 动词 + 双宾语"句型，而此类的及物动词又称做"授予动词"。

▶ I sent him a card.
我寄了一张卡片给他。
└ 动词之后的宾语分别为"him"和"a card"。

▶ My father bought me a motorcycle.
我爸爸买给我一辆摩托车。
└ 动词之后的宾语分别为"me"和"a motorcycle"。

句型"主语＋动词＋双宾语"大解析

Step 1. 动词为授予动词

在动词之后要接上"间接"与"直接"总共两种宾语的及物动词称为"授予动词"，而在这种"主语＋动词＋双宾语"句型中，其动词正属于此种类型：通常间接宾语指的是"人"，直接宾语则是指"事物"。此类的授予动词包括give（给）、bring（带给）、pay（付给）、send（寄给）、tell（告诉）、ask（问）、sell（卖给）、buy（买给）、leave（留给）、teach（教导）、write（写给）、……等等。

▶ She gave me some money.
  她给了我一些钱。
    └ 此句中"授予动词"为"gave"。

▶ He left his son a gold ring.
  他遗留给他的儿子一个金戒指。
    └ 此句中"授予动词"为"left"。

▶ I taught her French.
  我教她法文。
    └ 此句中"授予动词"为"taught"。

▶ They asked me a question.
  他们问了我一个问题。
    └ 此句中"授予动词"为"asked"。

▶ He brought me the book.
  他带给我那本书。
    └ 此句中"授予动词"为"brought"。

Step 2. 动词之后接两个宾语

所谓"主语＋动词＋双宾语"句型中的双宾语就是意指动词之后接两个宾语，包括"间接宾语"与"直接宾语"，也就是"主语＋动词＋间接宾语＋直接宾语"句型。

▶ I showed her my purse.
  我拿我的钱包给她。
    └ 间接宾语为"her"，直接宾语为"my purse"。

► I wrote you a letter.
  我写了一封信给你。
    └ 间接宾语为"you"，直接宾语为"a letter"。

► He sold me his old computer
  他把他的旧计算机卖给了我。
    └ 间接宾语为"me"，直接宾语为"his old computer"。

1. 间接宾语

在此种"主语＋动词＋双宾语"句型中，"间接宾语"在句中所放置的位置为加在动词之后第一个出现的宾语，通常是指"人"。

► She tells me an interesting story.
  她告诉我一个有趣的故事。
    └ 此句中间接宾语为"me"。

► They offered the old man some food.
  他们提供这位老人一些食物。
    └ 此句中间接宾语为"the old man"。

► We handed her the envelope.
  我们把信封交给她。
    └ 此句中间接宾语为"her"。

2. 直接宾语

在此种"主语＋动词＋双宾语"句型中，"直接宾语"在句中所放置的位置为加在动词之后第二个出现的宾语，通常是指"事物"。

► You can give him your baggage.
  你可以把你的行李交给他。
    └ 此句中直接宾语为"your baggage"。

► He teaches me how to play basketball.
  他教我如何打篮球。
    └ 此句中直接宾语为"how to play basketball"。

▶ She paid the clerk one hundred dollars.
她付给店员一百元。
└ 此句中直接宾语为 "one hundred dollars"。

Step 3. "间接宾语" 与 "直接宾语" 交换位置时

　　授予动词之后所接的 "直接" 与 "间接" 宾语除了上述的 "主语＋动词＋间接宾语＋直接宾语" 句型用法外，其位置也可以互相调换，并加入介词以引导间接宾语，形成 "主语＋动词＋直接宾语＋介词＋间接宾语" 句型，其意思与原本的句型 "主语＋动词＋间接宾语＋直接宾语" 大致相同。

▶ I made her a cake. = I made a cake for her.
我做了一个蛋糕给她。

▶ He doesn't tell his father the truth. = He doesn't tell the truth to his father.
他并没有对他的父亲说实话。

▶ He bought me a bunch of flowers. = He bought a bunch of flowers for me.
他买了一束花给我。

▶ My friends showed me their new motorcycles. = My friends showed their new motorcycles to me.
我的朋友们给我看他们的新摩托车。

　　要注意的是，在这些位于间接与直接宾语中间的介词，会因为授予动词的不同，而决定是要使用to, for或其他介词：在这种句型中，最常见的介词为 "to"，其配合使用的 "授予动词" 包括bring, give, lend, …… 等等：
　　"for" 也是此种句型常见的介词，其配合使用的 "授予动词" 则包括buy, do, leave, …… 等等。

常见配合使用 "to" 的授予动词	常见配合使用 "for" 的授予动词
bring（带给）	buy（买给）
give （给）	cook（煮给）
hand （交给）	choose（选给）
lend （借给）	do（给与）
offer（提供）	get（取给）
sell （卖给）	leave（留给）
send（寄给）	make（做）
show（指，拿给）	order（帮…订）
teach（教给）	……
tell（告诉）	
write（写给）	

▶ My classmate handed the paper to me.
我的同学把考卷交给我。
└ 授予动词 "handed" 要配合使用介词 "to"。

▶ The boss offered this position to his son.
老板把这个职位提供给他的儿子。
└ 授予动词 "offered" 要配合使用介词 "to"。

▶ They sell horses to Frenchmen.
他们卖马给法国人。
└ 授予动词 "sell" 要配合使用介词 "to"。

▶ My friend got a good job for me.
我的朋友替我找到一份好的工作。
└ 授予动词 "got" 要配合使用介词 "for"。

▶ My father ordered some new books for me.
我爸爸订购了一些新书给我。
└ 授予动词 "ordered" 要配合使用介词 "for"。

▶ I chose a watch for him.
我选了一只手表给他。
└ 授予动词 "chose" 要配合使用介词 "for"。

Step 4. 当直接宾语为代词时

在"主语＋动词＋双宾语"句型中，"直接宾语"通常指的是"事物"，而一旦直接宾语要使用代词时，则必须要放在介词与间接宾语前，也就是要使用"主语＋动词＋直接宾语＋介词＋间接宾语"句型。

▶ （△）She bought my mother it.
　（○）She bought it for my mother.
　　　她买那个给我妈妈。
　　　└ 直接宾语 "it" 为代词，所以放在介词与间接宾语前。

▶ （△）My teacher lends me them.
　（○）My teacher lends them for me.
　　　我的老师把它们借给我。
　　　└ 直接宾语 "them" 为代词，所以放在介词与间接宾语前。

▶ （△）We sent you them.
　（○）We sent them for you.
　　　我们把它们寄给了你。
　　　└ 直接宾语 "them" 为代词，所以放在介词与间接宾语前。

句型5

主语＋动词
＋宾语＋补语

有些主语之后所接的动词虽然已经有加上一个宾语来接受此动词的动作，但其句意尚未能够完整清楚地被表达，必须再加上一个补语补充说明此宾语。

▶ You made me happy.
你使我快乐。
└ 宾语 "me" 之后需要补语 "happy"。

▶ I called her Maggie.
我称她为玛吉。
└ 宾语 "her" 之后需要补语 "Maggie"。

句型"主语＋动词＋宾语＋补语"大解析

Step 1. 动词为"不完全及物动词"

"及物动词"包括"完全及物动词"与"不完全及物动词"两种类型，而此种"主语＋动词＋宾语＋补语"句型中的动词是属于"不完全及物动词"。

"不完全及物动词"的特性就在于其之后虽然已经接了一个宾语，但因为其句意还是无法表达，需要再接一个"宾语补足语"来补充说明整句的意思，所以此种及物动词又被称为"不完全及物动词"。常见的不完全及物动词包括elect（选…当），make（使），call（称呼为），keep（保持），find（发觉），think（认为），……等等。

▶ We elected him our class leader.
我们选他当我们的班长。
└ 动词"elected"在此句中为不完全及物动词。

▶ I found this book interesting.
我发觉这本书很有趣。
└ 动词"found"在此句中为不完全及物动词。

▶ You should keep your hands clean.
你应该保持你的双手干净。
└ 动词"found"在此句中为不完全及物动词。

▶ He thinks himself a hero.
他自认为英雄。
└ 动词"thinks"在此句中为不完全及物动词。

Step 2. 动词之后除了宾语，还要再接宾语补足语

在此种"主语＋动词＋宾语＋补语"句型中，因为其所使用到的动词为"不完全及物动词"，所以除了加上宾语外，一定要再接宾语补足语，已使句意达到完整效果。

▶ His story made me cry.
他的故事使我哭了。
└ 宾语补足语"cry"用来补充说明宾语"me"。

▶ You kept me waiting for an hour.
你让我等了一个小时。
  └ 宾语补足语 "waiting for an hour" 用来补充说明宾语 "me"。

▶ They believe him a smart person.
他们相信他是一个聪明人。
  └ 宾语补足语 "a smart person" 用来补充说明宾语 "him"。

此外，此种"主语＋动词＋宾语＋补语"句型中，宾语补足语通常为名词、形容词、动词不定式、分词、动词原形…等类型，以下将分别介绍在此种"主语＋动词＋宾语＋补语"句型中（不完全及物）动词之后常会接的宾语补足语类型。

1. 名词当宾语补足语

名词可以算是在"主语＋动词＋宾语＋补语"句型中非常基本常见的宾语类型。

▶ I consider him an ambitious man.
我认为他是一位有理想抱负的人。
  └ 此句中名词 "an ambitious man" 当宾语补足语。

▶ My friends called me "Mark".
我的朋友叫我马克。
  └ 此句中名词 "Mark" 当宾语补足语。

▶ We elected her manager.
我们选她当经理。
  └ 此句中名词 "manager" 当宾语补足语。

2. 形容词当宾语补足语

在"主语＋动词＋宾语＋补语"句型中，形容词当宾语补足语此种用法主要是要让形容词来修饰及补充说明句中的宾语。

▶ I left the door open.
我任由门开着。
  └ 此句中形容词 "open" 当宾语补足语。

► My younger brother's behavior made me angry.
我弟弟的行为使我很生气。
　└ 此句中形容词"angry"当宾语补足语。

► They think her guilty.
他们认为她是有罪的。
　└ 此句中形容词"guilty"当宾语补足语。

3. 动词不定式当宾语补足语

通常在"主语＋动词＋宾语＋补语"句型中，当其主语与所搭配的动词有命令、驱使、要求去做某件事……等意思时，大多会以动词不定式当宾语补足语。此类的不完全及物动词包括tell（告诉），allow（允许），order（命令），want（要），wish（期望），warn（警告），get（使），cause（使…做），……等等。

► I warned him to come here on time.
我警告他要准时来这里。
　└ 此句中动词不定式"to come here on time"当宾语补足语。

► My teacher got me to try it again.
我的老师叫我再试一次。
　└ 此句中动词不定式"to try it again"当宾语补足语。

► My mother didn't allow me to ride a motorcycle.
我的妈妈不允许我骑摩托车。
　└ 此句中动词不定式"to ride a motorcycle"当宾语补足语。

► My boss wanted her to solve that problem.
我的老板要她解决那个问题。
　└ 此句中动词不定式"to solve that problem"当宾语补足语。

► The doctor ordered my friend to stay in bed.
医生命令我的朋友在床上养病。
　└ 此句中动词不定式"to stay in bed"当宾语补足语。

4. 现在分词当宾语补足语

当所使用的分词用来修饰词是有表示"主动"的意味时，则会使用"现在分词"当宾语补足语用。

▶ He found that old man stealing money from me.
他发现那位老人偷我的钱。
└ 此句中现在分词"stealing money from me"当宾语补足语。

▶ She left her child staying in the car.
她让她的孩子留在车内。
└ 此句中现在分词"staying in the car"当宾语补足语。

▶ This doctor always keeps his patients waiting.
这位医生总是让他的病人等待。
└ 此句中现在分词"Waiting"当宾语补足语。

▶ I saw this little boy playing in the park.
我看到这位小男孩正在公园里玩耍。
└ 此句中现在分词"playing in the park"当宾语补足语。

5. 过去分词当宾语补足语

当所使用的分词用来修饰宾语是有表示"被动"的意味概念时，则使用"过去分词"当宾语补足语用。

▶ I found my purse stolen.
我发现我的钱包被偷了。
└ 此句中过去分词"stolen"当宾语补足语。

▶ She will have her bicycle fixed.
她将把她的脚踏车送去修理。
└ 此句中过去分词"fixed"当宾语补足语。

▶ We want this work finished by Monday.
我们希望这项工作在星期一前被完成。
└ 此句中过去分词"finished"当宾语补足语。

6. 动词原形当宾语补足语

在此"主语＋动词＋宾语＋补语"句型中，一定要特别注意有些不完全及物动词之后的补语类型是只要加上"动词原形"当补语即可。

▶ He won't let me go.
他将不会让我走。
└ 此句中宾语之后直接加动词原形"go"当宾语补足语。

▶ We had him clean the house.
我们让他打扫房子。
└ 此句中宾语之后直接加动词原形"clean the house"当宾语补足语。

▶ We heard her speak French.
我们听见她说法文。
└ 此句中宾语之后直接加动词原形"speak French"当宾语补足语。

▶ What you said made me laugh.
你说的一切使我笑出来。
└ 此句中宾语之后直接加动词原形"laugh"当宾语补足语。

7. "在as之后接名词或形容词"以当作宾语补足语。另外还有一些不完全及物动词之后，除了加上宾语外，要先接"as"这个单词，才能接名词或形容词以当作宾语补足语。

▶ She chose music as a major.
她选音乐为主修科目。
└ 在as之后接名词"a major"当宾语补足语。

▶ He regarded me as a good friend.
他视我为好朋友。
└ 在as之后接名词"a good friend"当宾语补足语。

▶ I don't think of your idea as creative.
我不认为你的想法是有创意的。
└ 在as之后接名词"creative"当宾语补足语。

图书在版编目（CIP）数据

洋葱头说英文 / 蒋志榆编著.－北京：当代世界出版社，
2008.3
ISBN 978-7-5090-0321-3

Ⅰ.洋…　Ⅱ.蒋…　Ⅲ.英语－学习方法　Ⅳ. H 319.3

中国版本图书馆 CIP 数据核字（2008）第 008892 号

著作权合同登记　图字：01-2007-6147

简体中文版由台湾我识出版社有限公司（Taiwan）授权出版发行
洋葱头说英文，蒋志榆著、洋葱头绘图，2007 年，初版，
ISBN：978-986-7346-85-8

出版发行：当代世界出版社
地　　址：北京市复兴路 4 号(100860)
网　　址：http://www.worldpress.com.cn
编务电话：(010)83908403
发行电话：(010)83908410(传真)
　　　　　　(010)83908408
　　　　　　(010)83908409
经　　销：全国新华书店
印　　刷：北京凯达印务有限公司
开　　本：889 × 1194　1/24
印　　张：8.5
字　　数：120 千字
版　　次：2008 年 3 月第一版
印　　次：2008 年 3 月第一次
书　　号：ISBN 978-7-5090-0321-3/ H · 011
定　　价：32.00 元